金沢歴史の殺人

西村京太郎

祥伝社文庫

目次

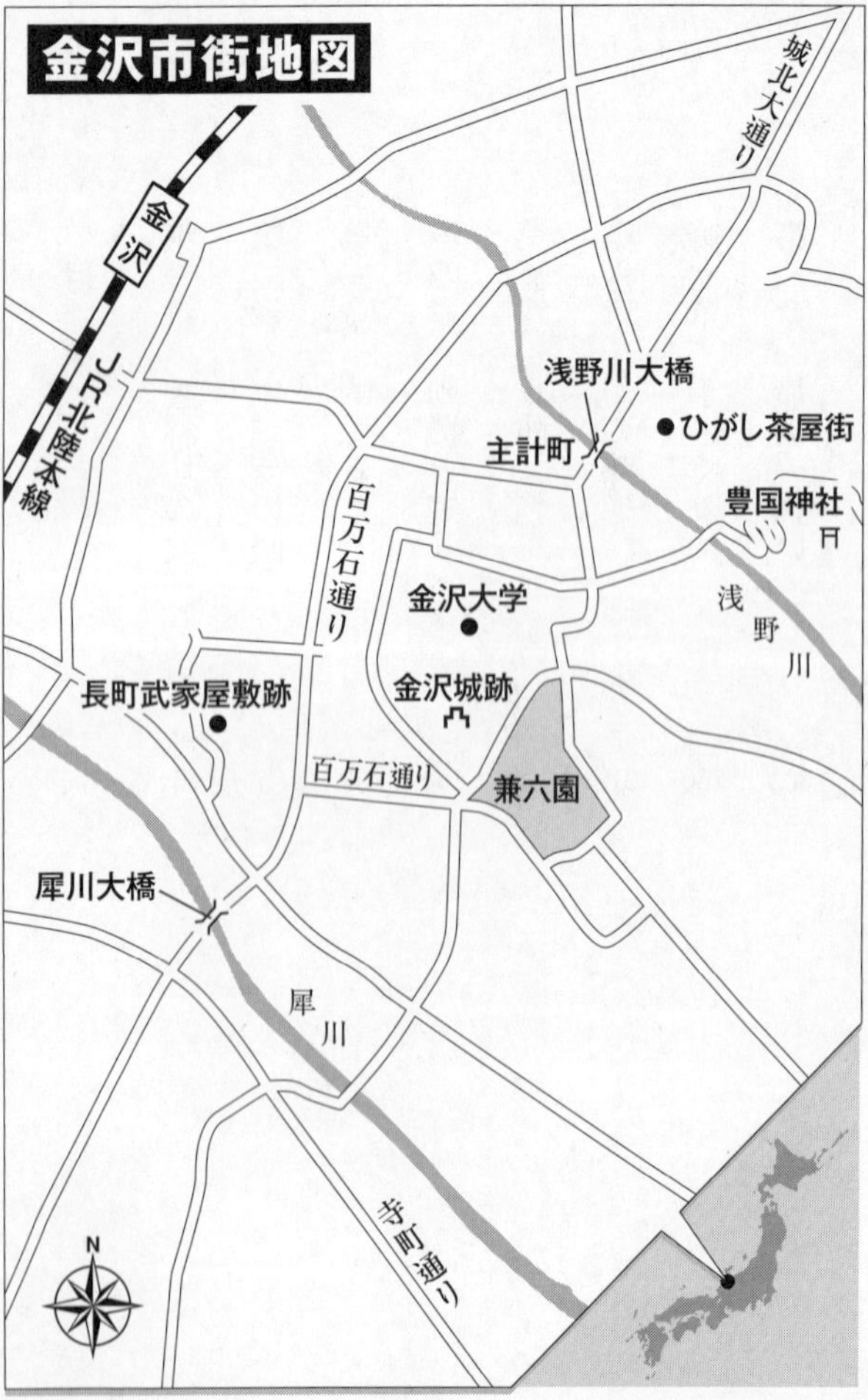
金沢市街地図
金沢
JR北陸本線
城北大通り
浅野川大橋
ひがし茶屋街
主計町
豊国神社
百万石通り
金沢大学
浅野川
長町武家屋敷跡
金沢城跡
百万石通り
兼六園
犀川大橋
犀川
寺町通り
N

第一章　香林坊の女

1

警視庁捜査一課の若い西本《にしもと》刑事は今、金沢《かなざわ》の女に恋している。

いや、正確にいえば、恋しかけているといった方がいいかも知れない。

相手の名前は、酒井千沙《さかいちさ》。二十四歳。まだ会ったことのない女性である。メールを交換し合って一年半になる。

西本は、金沢に行ったことがないから、相手が送ってくるメール上の金沢の風景が、全て、新鮮だった。

彼女は、香林坊《こうりんぼう》の姉の喫茶店で働きながら、カメラマンとしての腕を磨いているという。

時々、彼女の撮った金沢の写真が、旅行雑誌に、買い取られて、誌面を飾っているとも、メールで、知らされた。

西本は、千沙とメル友になってから、金沢の地図を買って来て、パソコンの前の壁に貼りつけ、また、金沢の写真集を、何冊も、買ってきた。

だから、香林坊が、金沢の何処《どこ》にあるかも知っているが、そんな地図上の場所よりも、西本は、香林坊という名前が、好きになった。

千沙は、カメラを片手に、生れ育った金沢の町の再発見というつもりで、撮りまくっているのだと、メールで、西本に、いっている。

そのメールに出てくる金沢の地名を、西本も、好きになった。

西本は、その地名を、エキゾチックと感じるのだ。

犀《さい》川
辰巳《たつみ》用水
兼六園《けんろくえん》
長《なが》町武家屋敷跡
寺《てら》町
ひがし茶屋街

主計町《かずえ》
地名だけではない。加賀友禅《かがゆうぜん》や九谷焼《くたに》にも、西本は、興味を持つようになった。

西本も、自分が刑事だということや、捜査の時の話を、相手に伝えていた。

千沙の写真も、西本は、手に入れた。

別に、写真を欲しいといったことはないのだが、彼女の撮った「歴史の町金沢散歩」という十数枚の写真が、旅行雑誌にのった時、カメラマンの写真も出ていたのだ。

それを大きく引き伸ばして、西本は、壁に貼りつけている。

西本は、何回か、金沢へ行こうとしたことがあったのだが、その度に、殺人事件が起きてしまった。

十月六日に、千沙が、こんなメールを送ってきた。

〈今度、私の初めての写真集が、東央《とうおう》出版から出ることになりました。私の未発表の写真ばかりです。その打ち合せに、東京四谷《よつや》の東央出版に九日に行くので、西本さんに、その時、会えればと思います。

仕事が、終ったら、西本さんの携帯に電話します。　千沙〉

その時から、西本は、落ち着けなくなった。

殺人事件の捜査では、冷静さを誉められる西本だったが、その西本が、どうもおかしい。コンビを組む日下《くさか》刑事が、心配した。

「どうしたんだ？」

と、きく。

「何が？」

西本は、恍《とぼ》けたが、日下は、のぞき込んで、

「昨日から、変だぞ。このまま、事件の捜査に入ったら、相棒として、心配なんだ」

「大丈夫だ。相棒を見殺しになんかしないよ」

「そう願いたいね」

と、日下が、笑った時、殺人事件発生の知らせが、飛び込んできた。

午後七時一五分。四谷駅近くを歩いていた男が、突然、射たれて、死んだというのだ。

十津川《とつがわ》班が、現場に向った。もちろん、その中に、西本と日下の二人もいた。

現場は、四谷から麴町《こうじまち》に向う新宿《しんじゅく》通りの歩道の上だった。

すでに夜の気配だが、町の灯で、現場は、明るかった。

初動捜査班が、現場にロープを張って、十津川たちを迎えた。

被害者は、中年の男である。

背広姿で、俯《うつぶ》せに倒れ、その下から、血が、流れ出ていた。

「そこのそば屋から」

と、初動捜査班の山本《やまもと》警部が、「尾張《おわり》屋」というそば屋を、指さして、十津川に、

「被害者が、出て来たところを、いきなり、二発射たれたらしい。即死だったね」

「この時間なら、当然、目撃者がいたんだろう?」

「丁度、通りかかった三、四人が、見ている。その人たちの証言によると、犯人は、三十歳ぐらいの男で、登山帽みたいなものをかぶっていたという。冷静に倒れた被害者の傍に屈み込んで、死亡を確めてから、近くに待たせてあった車に乗って逃走した。車は、黒っぽい国産車らしいが、ナンバーは、不明だ」

「被害者の身元は?」

「これが、ポケットに入っていた運転免許証だ」

と、山本が、それを、十津川に渡した。

〈小倉敬一《おぐらけいいち》　世田谷《せたがや》区松原《まつばら》×丁目　明大前《めいだいまえ》コーポ302〉

と、ある。年齢は四十歳。

身分証明書もあった。それによると、ここから歩いて七、八分の所にある東央出版の書籍編集部長だった。

「少し遅い夕食を食べに、そこのそば屋へ来たのかも知れないな」

と、山本が、いった。

2

東央出版の社員も、知らせを受けて、駈けつけていた。

その社員が、十津川に、名刺をくれた。

殺された小倉の下で働いている井上《いのうえ》だという。二十七、八歳の若い編集者だった。

「今日は、仕事が、おそくまでかかるというので、小倉編集部長は、そばを食べに行ったんです。尾張屋のそばが、好きなんです」

と、井上は、いった。

「小倉さんが、殺されたということで、何か心当りはありますか?」

と、十津川が、きいた。

「いえ。全くありません」

「おたくは、いろいろな本を出すわけでしょう。その本のことで、問題が起きたことは？

例えば、暴力団の実名を出して批判した本を出して、射たれたといったことですが」

「そういう本を出したことは、ないんです」

「じゃあ、小倉さんというのは、どういう人です？」

「やり手ですよ」

「それは、どういうことです？」

「この本は当るかどうか、その嗅覚が、すごいんですよ。この不景気の時、小倉さんは、
救世主みたいなもので、社長も、一目置いています」

「家族は？」

「奥さんとは、二年前に離婚していて、今、独身を楽しんでいるんじゃありませんか。女
にもてるんです」

「女にね」

「ちょっと、いかつい顔をしていますが、女には、とても優しいんです。それに、編集部
長だから、もてますよ」

井上は、小倉のことを話すとき、現在形と、過去形をチャンポンにして、喋《しやべ》っていた。

それだけ、上司の死が、ショックだったのだろう。

鑑識が、写真を撮り終り、検視官が立ち上ると、死体は、司法解剖のために運ばれて行った。

「おい。どうしたんだ？　変な顔をしているか？　変な顔をして」

と、日下が、西本に、きいた。

「しているさ。被害者を知っているのか？」

「知ってる筈《はず》がないだろう」

（知っているのは東央出版の名前の方だ）

と、いいかけて、その言葉を西本は、呑《の》み込んだ。

四谷警察署に、捜査本部が、置かれた。最初の捜査会議で、十津川が、刑事たちに向って、話した。

「犯人の似顔絵が出来たので、ここに貼り出しておく。年齢は三十歳前後、身長は、一八〇センチと高い。やせ形で、黒っぽいジャンパーを着ていた。車をとめておいて、その車で逃走しているから、じっと、そば屋から出てくる小倉編集部長を待っていたと見ていい。至近距離から、立て続けに二発射っている。二発とも、心臓近くに命中している。そのあと、犯人は、落ち着いて、屈み込み、被害者の死を確めてから逃走している。犯人は、こんなことに馴れているんだろう。少くとも、拳銃の扱いには、馴れている筈だ。車は黒っぽい国産車としかわかっていない。被害者の小倉敬一だが、四十歳で、独身。東央出版の編集部長で、ベストセラーを何冊も出している。女にもてたようだから、女性関係のゴタゴタが、原因ということも考えられる」

西本と日下の二人は、十津川の指示で、世田谷区松原のマンションに向った。京王《けいおう》線の明大前駅近くのマンションだった。

管理人に、案内して貰って、３０２号に入った。３ＬＤＫの部屋である。

四十歳の独身男という言葉から想像される殺風景さはなかった。

調度品が、洒落《しゃれ》た外国製ということもあるし、女物のパジャマがあったり、女性の化粧品が、鏡の前に並んでいたりするからだった。

テーブルの上に、新宿のクラブのママやホステスの名刺が、置かれていた。

「なかなか、お盛んだったみたいだな」

日下が、いった。

「ヤクザのヒモがついてるホステスに手を出して、ドスンとやられたかな？」

西本が、いうと、日下は、

「ヤクザは、それで、拳銃で射殺したりはしないさ。今は、素人の方が、怖いよ」

と、笑った。

西本が奥の寝室に入ると、そこに、パソコンが置かれていた。

どんなメールが、送られてきているのか知りたくて、それを、画面に出して見て、西本は、はっとした。


〈九日に、お会いするのを楽しみにしています。

金沢・酒井千沙〉

と、文字が、出たからである。

考えてみると、千沙は、最初の写真集を、東央出版から出す予定で、九日に、責任者と会うといっていたのだから、小倉に、こんなメールを送っていても、驚くことはないのだ。

他のメールもあったから、西本は、消さずに、そのままにしておいた。

日下は、手紙の束と、写真アルバムを見つけ出した。が、どちらも、驚くほど少かった。

被害者も、手紙より、メールですませることが多いのだろうし、写真より、デジタルカメラのチップに入れておくのだろう。

その数少い手紙と、写真を、二人で、見ていった。

西本は、ひょっとして、千沙の写真があるのではないかと思ったが、見つからなかった。彼女の手紙もない。

「手掛りになりそうなものは、ないな」

と、日下が、落胆して、手紙と写真を、放り出した。

翌八日の昼近くに、司法解剖の結果が出たが、このことは、あまり、捜査の足しにはならなかった。

被害者が、射たれるのを、何人もが、目撃していて、死因も、死亡時刻も、はっきりしていたからである。唯一、プラスがあったとすれば、被害者の血液型が、ABとわかったことくらいだった。

刑事たちは、犯人の似顔絵を持って、聞き込みに回った。

だが、なかなか、犯人らしき男を見たとか、知っているという声は、聞けなかった。

二日目の十月九日。

西本が、日下とパトカーに乗って、聞き込みに走っている途中で、彼の携帯が鳴った。

助手席で、受けると、

「酒井千沙です」

と、女の声が、出た。

「ああ、西本です」

「今、東京に来ています」

「そうだ。今日だったんですね」

「ええ。東央出版へ行ったんですけど、小倉さんが、大変なことになってしまって――」

「知っています。その事件を、今、ボクも、捜査しているんです」

と、西本は、いった。

「ご相談したいことがあるんですけど、難しいですね」

「今日は、何処へ泊るんですか？」

「赤坂《あかさか》のKホテルに、泊ることにしています」

「では、時間が出来たら、ボクの方から、連絡します」

と、西本は、いった。

「彼女か？」

と、日下が、きいた。

「いや、ただの友だちだよ」

「その事件は、ボクも捜査してますとか、いっていたな。どういうことなんだ?」

「ちょっと、東央出版と関係がある女性なんだ」

西本が、いうと、日下は、急にパトカーを停めて、

「それなら、すぐ、会いに行けよ。何か、事件の手掛りが、聞けるかも知れないぞ」

「そんな深い関係はないんだ」

「とにかく、会って来いよ。何処にいるんだ?」

「赤坂のKホテルと、いっていた」

「よし。まず、そこへ行って、君をおろす。あとで、結果を知らせてくれ」

と、日下はいい、アクセルを踏んだ。

赤坂のKホテルで、強引に、西本は、おろされてしまった。

フロントで、酒井千沙の名前をいい、館内電話で連絡し、ロビーで、待つ。
五、六分して、千沙が、おりて来た。
初めて、会うのだが、一年半近く、メールを交換してきたので、初対面の感じはしなかった。

ロビーのティルームで、コーヒーを頼んだ。

「小倉編集部長が、あんな死に方をして、びっくりしたでしょう」

と、西本が、切り出した。

「ええ。それで、写真集が、出なくなりそうなんです」

千沙が、いう。

「しかし、編集者がいるんだから。なぜ、出なくなりそうなんです？」

「小倉さんが、自分が、担当すると、おっしゃってくれていたので、他の方は、よくわからないんですって」

「困りましたね。どうしても、東央出版が出さないんなら、他の出版社に、持ち込んだら、どうなんですか？」

「それが、駄目なんです」

と、千沙が、いう。

「どうして、駄目なんです？　いい写真なら、他の出版社でも、出したがると思いますよ」

「写真のネガも、引き伸したものも、全部、小倉さんに預けてしまっているんです。それが、見つからないと、いわれたんです。小倉さんの机も調べてくれたんですけど、見つからなくて」

「おかしいな。小倉さん自身も、持っていなかったし、彼のマンションにも無かったですよ」

と、西本は、眉をひそめた。

3

千沙が、小倉に渡したネガは、何処へ行ってしまったのだろうか?

いくつかの理由は、想像された。

小倉の働く東央出版で、千沙の写真集が出ることになって、その構成を専門家に頼み、彼女のネガを預けたということが、まず考えられる。写真集というのは、構成が大変だからだ。

東央出版では、出版が難しいということで、小倉が、自分の知り合いの出版社に売り込んでいた場合は、彼女のネガは、そちらへ回っているに違いなかった。

第三のケースとしては、何者かに、ネガが盗まれたということも考えられた。この場合、盗んだのは、小倉を射殺した犯人かも知れないし、別人かも知れない。

「ネガですが、あなたにとって、大切なものなんでしょうね？」

　と、西本は、きいてから、あわてて、

「ごめんなさい。大切なものに、決っていますね」

「私の今までの仕事の集大成みたいなものなんです」

「そうですね」

　西本は、自分の考えを話し、一つずつ、調べてみることを約束した。

　千沙は、恐縮して、

「でも、西本さんは、事件の捜査で、忙しいんでしょう？」

「構いませんよ。ひょっとすると、今回の事件に関係があるかも知れませんから」

　と、西本は、いった。

　まず、東央出版に電話をかけた。

　小倉の下で働いている若い編集者が出た。

「酒井千沙さんの写真集のことですが」

　と、西本が、いうと、

「その件は、ご本人にもいったんですが、小倉さんが預ってたというネガが、見つからないので」

「それは、知っています。問題は、酒井さんの写真集を、東央出版で、出すことになっていたかと、いうことなんですよ」

「それなら、出ることになっていたと思いますよ。小倉さんに反対する人間は、うちにはいませんから」

と、相手は、いった。

「写真集というのは、難しいものでしょう？　ただ、写真を並べればいいと、いうものでもないでしょうから」

「そうですね。沢山ある写真の中から、選ぶ必要があるし、レイアウトも大事ですから」

「小倉さんは、そんなことを、誰かに、相談していたんじゃありませんか？」

と、西本は、きいた。

「前に、歌舞伎《かぶき》の女形《おやま》の写真集をうちで出したことがあるんです。小倉さんの仕事でした。その時、清水《しみず》先生に相談した覚えがありますよ」

「清水って、写真家の清水宏《ひろし》さんですか？」

「そうです。清水先生です」

と、相手は、いった。

清水宏の住所を調べると、四谷三丁目に、スタジオがあることが、わかった。

千沙は、写真の専門学校で、清水に教わったことがあるという。

「それなら、会いに行ってみようじゃありませんか」

と、西本は、いった。

「でも、もう遅いですから」

「断わられたら、その時は、その時です」

西本は、笑った。

タクシーを拾って、四谷三丁目に向った。

地下鉄四谷三丁目駅から、歩いて七、八分のところに、真っ黒に塗られた建物があった。それが、清水のスタジオだった。

そこで、清水は、二人の助手を使って、女性モデルの写真を撮っていた。

西本は、その撮影が、一段落するのを待って、清水に、警察手帳を示した。

清水は、ニヤッとして、

「本物の刑事さんに会うのは、初めてですよ」

「今日は、東央出版の小倉さんのことで、伺ったんです」

「ああ、あの事件ね」

清水は、まじめな表情になった。

「前に、小倉さんから、写真集の出版のことで、相談を受けたことがおありになると、聞いたんですが」

「ああ、女形の写真集のことね。あれは、いい仕事でしたよ」

「小倉さんは、死ぬ前に、こちらの酒井千沙さんの写真集を出すことに、なっていたんです」

西本が、千沙を紹介すると、清水は、じっと彼女を見て、

「君に、何処かで会ったような気がするんだが」

「専門学校で、先生に、教わりました」

と、千沙が、いった。

「そうだ。生徒の中にいたんだ。良かったね。東央出版から、写真集が出るのか」

清水が、微笑して、いった。

「それが、小倉さんに預けたネガが、全部、失くなってしまったんです」

「どうして？」

と、清水が、きく。

「ひょっとして、小倉さんは、あなたに、そのネガを預けていたんじゃないかと思って、伺ったんですよ」

と、西本は、いった。

「いや。ボクは、預っていないよ。残念だが」

「酒井千沙さんの写真集のことで、相談を受けたこともありませんか？」

「ないな。どんな写真集になる予定だったの？」

清水は、千沙に、きいた。

「私は、金沢の生れなので、その金沢を撮っています」

「金沢の女《ひと》か」

と、清水は、呟いてから、

「ボクも、どんな写真か、見てみたいねえ」

「小倉さんが殺されたことを、どう思われますか？」

西本は、まっすぐに、清水を見て、きいた。

「一言でいえば、残念だよ。とにかく、仕事熱心だったからね」

と、清水は、いう。

「小倉さんと、飲んだりされたことは、あるんですか？」

「女形の写真集を出したときは、二人で、毎日、飲んでいたよ」

と、清水は、笑った。

「その時、どんな話をされていたんですか？」

「女の話」

「どんな女の話ですか？」

「ボクも、この年齢《とし》で、独身だし、小倉さんも独身だったから、二人で、最近は、いい女が少くなったと慨嘆したり、どこそこのクラブには、いい女がいるとか、そんな話だ」

「誰かに脅されているみたいなことは、話していませんでしたか？」

「なるほどね、脅かされて、その揚句に殺されたということね。しかし、そんな話はしてなかったね」

と、清水は、いった。

「小倉さんが、借金で困っていたようなことは、ありませんか？」

「そういう話は聞いたことはないよ。よく、おごる人ではあったけどね」

「あなたの他に、写真集出版のことで、小倉さんが相談するような人は、いませんか？」

と、西本は、きいてみた。

「写真家でかね？」

「そうです。写真のネガを預けて、相談するような相手ですが」

「ちょっと、考えつかないなあ」

と、清水は、首をかしげてから、千沙に向って、

「金沢のどんな写真を撮ったの？」

と、きいた。

「金沢は、歴史の町なんです」

と、千沙は、いった。

「ボクも、金沢は、何回か泊って、写真を撮ったことがあるから、よくわかるよ。確かに、あの町は、良くも悪くも、歴史の町だ」

「歴史の支配する町というコンセプトで、写真を撮ってみたんです」

「なるほどね。それで、金沢の町を撮ったの？　それとも人物？」

「両方です」

「ぜひ、見てみたいね。ネガが見つかったら、ボクにも見せてくれないか。東央出版以外で、写真集を出してくれそうなところを紹介してもいいよ」

と、清水は、いった。

「その時は、ぜひ、お願いします」

と、千沙は、頭を下げた。

「今も、金沢に住んでるの？」

「はい」

「実は、近く、雑誌の仕事で、金沢に行くことになりそうなんだ。その時には、君に、金沢の町を案内して貰いたいな。歴史に彩られた場所をね」

と、清水は、いい、千沙の電話番号を、きいた。

彼が、モデルの撮影を再開し、西本と、千沙は、スタジオを出た。

「清水先生は、本当に、私のネガのことは、知らないみたいですわ」

と、地下鉄の駅に向って歩きながら、千沙は、いった。

「知らないとは、いっていましたね」

西本は、そんないい方をした。

「西本さんは、清水先生の言葉を、信じられないんですか？」

「刑事というのは、相手の言葉を簡単には、信用しないんです」

と、西本は、いった。

「でも、清水先生が、小倉さんから、私のネガを預っているのに、いないなんて、いうでしょうか？　私にとっては大事なネガですけど、先生にとっては、大事なものの筈がありませんもの」

「小倉さんに、問題のネガを送ってから、どのくらいたっているんです？」

「一ヶ月くらいです」

「小倉さんは、東央出版で出すと、約束していたんですか?」

「必ず出して下さるとは、いっていませんでしたけど、九日に会うのを楽しみにしていると、メールを送って下さっていたんです」

「あなたも、九日に会うのを楽しみにしていると、メールを送った?」

「ええ」

二人は、地下鉄に乗った。

赤坂見附《みつけ》でおり、Kホテルまで、西本は、送って行った。

「一ヶ月間、ネガを、小倉さんに預けてあったんですね?」

その途中で、西本が、確認するように、きいた。

「ええ」

「写真について、その間に、小倉さんから何か質問はなかったんですか?」

「質問ですか?」

と、千沙は、おうむ返しにいってから、

「一応、説明文はつけて、送ったんですけど、いつからいつまでの間に、撮ったのか教えてくれということはありました」

と、いった。

「撮影した日時ですか？」

「ええ。正確に覚えていないものは、だいたいの日付を答えました」

「他には、何か、聞かれませんでした？」

「全て、自分で、撮ったものかと聞かれました」

と、千沙は、いう。

「失礼な話だな」

と、西本が、怒ると、

「そういうことは、あとになって、問題になりますから、小倉さんが、確認するのは、当然ですわ」

「他には？」

「助手を使っているのかとも聞かれましたわ」

「細かいことを聞くんだねえ。もちろん、助手なんかいないんでしょう？」

西本が、きくと、千沙は、笑って、

「清水先生みたいに、私、お金がありませんから」

と、いった。

彼女を、Kホテルまで送ってから、西本は、四谷署の捜査本部に戻った。

日下が、すぐ、声をかけてきた。

「彼女の悩みを聞いてやったか？」

「彼女は、殺された小倉敬一に預けた写真のネガの行方を心配しているだけだよ」

と、西本は、いった。

「そのネガに、君も写っているんじゃないのか？」

日下が、からかう。

「古都金沢の写真のネガだよ」

「金沢の町の写真か？」

「そうだ」

「そんなものが、どうして、失くなったんだ？」

「そんなものは、失礼だろう」

「いくら、芸術的な写真だって、金沢へ行けば、同じものが見られるわけだろう？」

「他の写真もある」

「どんなだ？」

「人物の写真だ。金沢の町をバックにした人物写真だよ」

「なるほどね。それで、結局、見つかったのか？」

と、日下が、きく。

「いや」

「誰の所にあるかという想像もついていないのか？」

「ついていない」

「今度の事件と、関係があると、思うのか？」

「それも、わからないんだ」

と、西本は、いった。

「まさか、犯人が、そのネガを奪うために、小倉敬一を殺したなんていうんじゃあるまいね」

「わからないが、ひょっとしたらとも思っているんだ」

「それなら、警部に話せよ」

と、日下が、いった。

西本は、十津川に、千沙のことを話した。

十津川は、黙ってきいていたが、

「それで、君は、事件との関係を、半々だと思っているのか？」

と、きいた。

「そうです」

「理由は？」

「金沢の町を撮ったネガが、行方不明というのが、不思議で仕方がありません」

「それだけじゃあ、今回の事件の犯人とは、結びついて来ないだろう？」

「四谷で、小倉を射殺した犯人は、落ち着き払って、倒れた小倉の傍に屈み込み、彼が、死んだかどうか、確認してから立ち去ったといわれています」

と、西本は、いった。

「そのとおりだが」

「私は、ひょっとして、犯人は、小倉が死んだかどうか確認したんじゃなくて、小倉のポケットを、探ったんじゃないかと思ったんです」

「それで？」

「小倉は、その時、酒井千沙の送ったネガを、封筒に入れて、ポケットにしまっていた。犯人は、それを奪い取って、立ち去ったんじゃないかと考えたんです」

「面白い」

と、十津川は、いった。

「しばらく、酒井千沙さんと、一緒にいたまえ」

4

翌日、西本は、昼過ぎに、千沙の泊っているホテルを訪れると、フロントで、

「酒井さまは、今朝早く、チェックアウトなさいました」

と、いわれて、びっくりした。

西本には、何の連絡もなかったからである。

もちろん、西本は、千沙のメル友で、恋人でもないのだから、彼女が、彼に連絡せずに、ホテルをチェックアウトしても、文句のいえる筋合いのものではないが、何か、裏切られた思いに、襲われた。

電話もなかったし、メールもなかったのだ。

「何時頃に、チェックアウトしたの？」

と、きくと、フロント係は、

「午前七時五分です」

と、いう。

「ひどく、あわてて、出発なさいました」

とも、いう。

西本は、ロビーで、千沙の金沢の電話番号にかけてみた。

もし、金沢に帰ったのなら、すでに、着いている時刻だが、千沙が、出る気配はなかった。

何度、かけても同じだった。彼の怒りは、次第に、不安に変っていった。

小倉の死が、思い出されるからだった。

小倉の事件と、千沙の撮った写真のネガの紛失とを、西本は、結びつけて考えている。

まさかとは思うが、彼女の身にも、危険が、迫ったということなのだろうか？

西本は、十津川に、連絡をとった。

「酒井千沙が、行方不明になっています。心配なので、これから、金沢へ行って来たいと思いますが」

と、西本が、いうと、

「彼女は、金沢に帰ったのか？」

「それがわからないのです。金沢の自宅に、電話しているのですが、彼女は出ません。

と、いって、東京で、彼女が行くような場所は、考えられないのです」

「わかった。すぐ、金沢へ出発したまえ」

と、十津川は、いった。

西本は、羽田《はねだ》から、一四時五〇分発の小松《こまつ》行のＪＡＬ１４５便に乗った。

小松に着いたのは、一五時五〇分である。

空港からも、電話してみたが、いぜんとして、千沙は出なかった。

自宅マンションには、帰っていないらしい。

西本は、彼女が、香林坊で、姉とやっている喫茶店で働いているといったのを思い出した。

確か、店の名前は、「二人《ふたり》」だと聞いていた。千沙の姉に会って聞けば、何かわかるかも知れない。

空港から、金沢駅前行のバスに乗った。途中、香林坊を通ると、ルートの表示板にのっていたからだった。

香林坊で、おりたのは、午後五時近かった。

香林坊は、名前は歴史的だが、この辺りは、金沢一の繁華街で、ビルが林立している。

派出所で喫茶店の場所を聞き、西本は、雑居ビルの二階にある「二人」に、辿りついた。

しかし、店は、閉っていた。

同じ階にある洋品店の主人に聞くと、相手は、

「酒井さんは、事故にあって、救急車で運ばれたそうですよ」

と、声をひそめて、いう。

「酒井さんというと、お姉さんの方ですか？」

「ええ。酒井由美《ゆみ》さんです。きれいな方なんですがねえ」

「何処の病院に運ばれたか、わかりませんか？」

と、西本は、きいた。

洋品店の主人は、今日の朝刊を持ち出して来て、

「私も、ニュースで知ったんですよ」

と、いう。

小さい記事だった。

〈昨夜、午後十時五分頃、国道１５７号線の横宮《よこみや》町附近で、酒井由美さん（二十九歳）運転の軽自動車が、大型トラックに追突されて、重傷を負い、救急車で運ばれた。警察は、トラックを運転していた本橋利男《もとはしとしお》（四十五歳）の前方不注意と見て、事情を聞いて

いる〉

それだけだった。

西本は、新聞社に問い合せて、運ばれた病院の名前を聞いた。

地図によると、場所は、金沢市から西北へ一・五キロほどの郊外らしい。

西本は、タクシーを拾って、R病院へ向った。

多分、千沙も、この病院に行っているに違いない。

夕暮れが、近づいていた。

病院に着き、受付で聞くと、昨夜おそく、救急車で運ばれた酒井由美は、手術をおえて、現在、集中治療室にいるという。

「まだ、危篤状態が、続いています」

と、いわれた。

「妹さんが、来ていると、思うんですが」

と、西本が、きくと、

「妹さんは、現在、疲れ切って、空《あ》いている病室で寝ていらっしゃいますよ」

と、いう。

とにかく、千沙の居所がわかって、西本は、ほっとした。

彼は、病院内の食堂で、夕食をすませることにした。

ラーメンと、炒飯を注文する。

病院の食堂で食事をするのは初めてだが、妙に、静かである。

そのことが、西本を不安にするのだ。

彼は、千沙の姉の由美に会ったこともないし、電話で話したこともない。だが、千沙の姉ということで、西本は、肉親のように思えてしまい、その彼女のことが、心配になってくるのだ。

西本が、コーヒーを注文して、飲んでいると、突然、千沙が、入って来た。

5

千沙は、びっくりした顔で、西本を見ている。

「大丈夫?」

と、西本の方から、声をかけた。

千沙は、黙って肯《うなず》き、西本のテーブルに来て、腰を下した。

顔色が、青白かった。

千沙はコーヒー券を、渡してから、

「どうして、ここにいるんですか?」

と、西本に、きいた。

「あなたが、急に、東京のホテルから姿を消してしまったんで、探したんですよ。金沢へ来て、お姉さんが、入院したとわかって、ここへやって来たんだけど、お姉さんの様子は、どうなんです?」

西本が、いった。

「まだ、何の変化もないといわれました」

千沙は、いい、運ばれてきたコーヒーを、口に運んだ。自然に、口が重くなってくるのだろう。

西本も、これ以上、何を聞いたらいいのか、わからなくなって、テレビに眼をやった。

テレビのチャンネルは、NHKに固定されていて、七時のニュースが、始まった。

問題の自動車事故も、その中に、出てきた。

事故のあった夜の国道が、映し出され、酒井由美の顔写真も出た。

アナウンサーが説明する。

〈昨夜、衝突事故を起こし、救急車で運ばれた酒井由美さんは、病院で緊急手術を受けたあと、現在、集中治療室に入っていますが、危篤状態が、続いています。その後の警察の調べでは、追突したトラック運転手の居眠り運転も疑われています〉

それだけだった。

千沙も、テレビを見ていたが、ただ、黙って、コーヒーを口に運んでいる。

「ボクは、二、三日、金沢にいるつもりです」

西本は、ぽつりと、いった。

「どうして?」

「休暇を貰ったんです」

と、西本は、嘘をついた。

今夜、千沙は、病院に泊り込むという。西本は、一緒に泊り込むわけにもいかず、金沢市内のホテルに泊ることにした。

金沢駅近くのホテルに入ると、西本は、東京に電話し、十津川に報告した。

「二人だけの姉妹なので、彼女は、すっかり参ってしまっています」

と、西本は、いった。

「本当に、ただの交通事故なのか？」

十津川が、きく。

「ニュースでは、トラック運転手が、居眠り運転で、彼女の軽自動車に追突したらしいといっていますが」

「それは、本当なのか。私はね、東京の殺人事件で、酒井千沙のネガが、なくなるというおかしなことがあったんで、ただの事故のようには、思えないんだよ」

と、十津川が、いった。

「しかし、追突されたのは、酒井千沙本人ではなく、彼女の姉ですが」

「わかっているが、東京で殺されたのも、酒井千沙本人ではなく、東央出版の編集部長だったよ」

と、十津川は、いった。

翌朝、西本は、十津川の言葉が、気になって、ホテルで朝食をすませると、この交通事故を扱った金沢西警察署に行き、交通課の刑事に会った。

警視庁の刑事であることを明かして、日野《ひの》という刑事にきいてみた。

日野は、本庁の刑事が、わざわざ、訪ねて来たことに、戸惑いの表情を見せながら、調書を見せてくれた。

追突した大型トラックの運転手の写真を、西本は、見た。

「このトラックは、北陸のZ運送の車で、金沢から、157号線を、越前大野《えちぜんおおの》へ向っていました。われわれの調べでは、運転手の本橋利男が、居眠り運転していて、追突したという感触を受けています」

と、日野は、いった。

「それを、運転手は認めているんですか?」

西本が、きいた。

「最初は、否定していましたが、その後、眠ってしまっていたかも知れないと、いい出しています」

「酒井由美さんの方ですが、何の用事で、夜おそく、あの場所を、軽自動車で、走っていたんですか? 向うに、自宅があるんですか?」

西本が、きくと、日野は、眉をひそめて、

「それが、よくわからんのですよ。酒井由美の自宅マンションは、金沢市内にあるんです。なぜ、157号線を走っていたのか、彼女が、危篤状態なので、聞くことが、出来ないんです」

「彼女の車なんですか？」

「そうです。酒井由美名義の軽自動車で、彼女自身が、一人で、運転していたことは、間違いありません。あの夜、九時頃、店を閉め、そのあと、彼女は、157号線を、走っていたんです」

「いつも、香林坊の店は、九時に閉めるんですか？」

「そうらしいです」

「157号線のあの方向に、何があるんですかね？　酒井由美が、なぜ、現場附近を走っていたか、知りたいですね」

と、西本は、いった。

日野は、眼を光らせて、

「西本さんは、単なる事故ではないと、考えておられるんですか？」

と、きいた。

「東京で、彼女の妹が、殺人事件に、巻き込まれているので」

と、西本は、いった。

「われわれも、被害者のことを、少しは調べましたよ」

と、日野は負けずに、いい返して、

「現在、二十九歳で、独身、妹の千沙と一緒に、香林坊で、姉妹二人で喫茶店をやっている。店の名前は『二人』で、美人姉妹ということで、人気があります」

「ええ」

「特定の恋人はいませんが、大学時代の友人で、ボーイフレンド的な男性は、二人いますが、どちらも、157号線の、あの方向には、住んでいません」

「呼び出されたのかな?」

と、西本は、呟いた。

日野は、笑って、

「しかし、彼女を、誰が、呼び出すんです? 西本さんのいい方だと、犯人がいて、あの現場に、彼女を呼び出し、大型トラックを使って、殺そうとしたことになるんでしょう?」

「そうです」

「しかし、動機は、何です? われわれが、調べた範囲では、彼女が、誰かに恨まれていたという様子は、ありませんし、狙われるほどの財産の持主とも思えませんよ」

と、日野は、いった。

「本橋利男という運転手の方も、調べられましたか?」

「一応、逮捕しましたのでね。金沢市内に住んでいて、妻子がいます。妻は、三十八歳。

子供は、小学二年生の男の子です。スピード違反で、捕ったことが、二度ありますが、会社の運転手仲間の評判は、悪くありません。ただ、競輪が好きだとは聞いています」

「つまり、バクチ好きということですね」

「運転手というのは、ギャンブルが好きと、いうのが多いんです」

「借金はあるんですかね？」

「それは、わかりません。われわれは、あくまでも事故として、調べていますから」

日野は、反発するように、声を大きくした。

「と、いうことは、トラック運転手の過失ということですね？」

「そう考えています」

と、いった時、日野の近くの電話が、鳴った。

日野は、受話器を取って、黙って聞いていたが、電話を切ると、西本に向って、

「今、酒井由美が、R病院で亡くなったそうです」

と、いった。

その瞬間、西本の脳裏に、酒井千沙の顔が浮んだ。

「これで、過失致死になりましたね」

と、日野が、いった。

「いや、殺人なら、殺人罪です」

西本が、いった。

日野は、案の定、険しい眼になって、

「証拠もなしに、殺人事件と決めつけるようなことは、止《や》めて下さい。これは、金沢で起きた事件で、われわれは、あくまでも、交通事故と、考えているんです。殺人事件とは、考えていません」

「わかっています。私としては、ただ、可能性を、口にしただけです」

と、西本は、いった。

それでも、トラック運転手本橋利男の住所や、彼が働いている運送会社の住所を聞いて、それを手帳に書き留めた。

(何かある!)

という気持は、いよいよ強くなっていたからである。

第二章　カメラの眼

1

寂しい葬儀だった。

特に、酒井姉妹の関係者の数が、少い。それだけ、肉親の縁が、うすいということなのだろう。

その代りのように、香林坊の店「二人」のなじみ客が、参列していた。

喪主の千沙は、終始、まっすぐに顔を上げ、姉の遺影を見つめている。

西本も、葬儀に顔を出したが、努めて、目立たないように、した。

何しろ、喪主が、若い女性である。妙な噂《うわさ》が立ったら、彼女に悪いと、思ったからである。

霊柩車が、出発してしまうと、西本は、寺をあとにした。

古都の金沢らしい、小雨が降っていた。

西本は、ビニールの傘を広げて、歩き出した。泊っているホテルまで、かなりの距離があったが、西本は、タクシーを拾わずに、ゆっくり歩いて行った。

考えたいことが、いくらでもあったからだ。

東京で、出版社の編集部長が殺されてから、事態が、めまぐるしく動いたような気がする。

一見したところ、バラバラに起きていることが、西本の眼には、繋がっているように見えるのだ。

千沙の撮ったネガの紛失

姉の由美の自動車事故

そして、由美の死

マスコミは、関連のない、別々の事件として報道したし、警察も、証拠がないので、一連の事件として、考えていない。

由美の輪禍も同じだった。

マスコミも、県警も、トラック運転手の居眠り運転が原因で、由美の軽自動車に追突したと考えている。

トラック運転手の本橋利男も、ひたすら、申しわけないと詫びている。

この運転手と、死んだ酒井由美の間には、何の関係もなかったから、地元のマスコミや、警察が、事故と報じ、処理しても、不思議はない。

しかし、西本は、そうは見なかった。

証拠はないが、どの事件も繋がっていると思うのだ。

千沙の姉の死も、偶然とは、思えない。

仕組まれた自動車事故ではないのか。加害者と、被害者の間には、何の関係もないというが、何か、その間を埋めるものがあるのではないのか。

例えば、金である。

この事故に、大金が動いたのではないのか。

トラック運転手は、誰からか、大金を貰い、由美の軽自動車を狙って、ぶつけたのではないのか。

西本は、その疑問から、離れられないのだ。

彼の携帯が、鳴った。

東京の十津川からだった。

「終ったのか?」

と、短く、きく。

「今、終ったところです。寂しい葬儀でした」

「何か音がするな」

「雨の音でしょう。降ってきています」

「君は、相変らず、仕組まれた自動車事故だと思っているのか?」

「思っていますが、残念ながら、証拠はありません」

「加害者の運転手は、今、留置所か?」

「そうです。その内、会いに行って来ようと、思っています」

「そちらの警察は、疑っていないんだろう?」

「いませんね。トラック運転手と、死んだ酒井由美との間には、いくら調べても、何の関係も出て来ない。だから、殺人とすると、動機が、ないというんです」

「君は、動機はあると?」

「動機は、金です。単純な事件だと思っています。トラック運転手は、金を貰って、ぶつけたんですよ」

「しかし、その先の動機は？　金を出した人間が、酒井由美を殺したいと思った理由だ。それは、わかっているのか？」

「それは、わかりませんが、多分、由美が、千沙の姉だから狙われたんだろうとは、思っています」

と、西本は、いった。

雨は、止《や》みもせず、と、いって、激しくもならず、降り続けている。

「そちらの捜査は、何か進展がありましたか？」

と、西本は、きいた。

「容疑者が、何人か、浮んできている」

と、十津川は、いった。

「犯人は、拳銃を使い、落ち着き払って、立ち去っていることから考えて、プロではないかと、考えられた。君も、同じ意見だった筈だ」

「そうです」

「それで、現場周辺を縄張りにしているＫ組を、中心にして、調べている。それで、何人かの名前が浮んできているんだが、この男だという決め手がなくてね」

と、十津川は、いった。

「そっちも、金が介在しているような感じですね」

と、西本は、いった。

「それが、どういうことなのか、ぜひ、知りたいと、私は、思っているんだが、酒井千沙は、さぞ、落ち込んでいるだろうね」

「たった一人の肉親でしたから」

「君に、協力してくれそうかね？」

「それは、精神的に立ち直るのに、どのくらい時間が、かかるかということになると思いますが、私としては、あまり、無理はしたくないんです」

「わかっている。君の判断でやりたまえ」

と、十津川は、いってから、

「とにかく、事件のカギは、酒井千沙が握っているんだ。それを忘れずにな」

と、付け加えた。

2

翌日、市内のホテルで、眼をさますと、西本は、ホテル内のレストランで、バイキングの朝食をすませた。

そのあと、千沙に、電話をかけてみた。

自分に、なぐさめることができたらと思ったのだが、電話に、出なかった。

香林坊近くのマンションに、千沙は住んでいて、その電話番号を、教えられていたのだ。

時刻は、午前十時少し前である。

また、西本は、不安になってきた。

疲れて、落ち込んで、電話に出る気力もなくなっているのだろうか？

そう思うと、何度も電話をかけるのが、はばかられた。

昼すぎまで待って、西本は、もう一度、電話をかけてみた。が、いぜんとして、千沙の応答はなかった。

昨日は、茶毘《だび》に付した姉の遺骨を抱いて、自宅マンションに帰った筈である。それなのに、なぜ、電話に出ないのだろうか。

今度は、千沙の携帯にかけてみた。

「もしもし」

と、意外に元気な千沙の声がした。

西本は、ほっとしながらも、何か拍子抜けの気持で、

「大丈夫ですか？」

「西本さん？」

「そうです。マンションにかけたら、出ないんで、心配していたんですよ。今、何処ですか？」

と、西本は、きいた。

「兼六園にいます」

と、千沙が、いう。

「兼六園で、何をしているんです？」

「写真を撮っています」

「いつまで、兼六園にいるんです？」

「あと、二時間くらいは、ここにいます」

「そちらへ行って、いいですか？」

「ええ」

と、千沙は、いった。

西本は、すぐ、バスを探して、兼六園に向った。

兼六園は、金沢の最高の名所である。

バスを、桂坂口《かつらざか》でおりると、西本は、ゆるい坂道をあがって行った。

今日は、ウィークディだが、さすがに、ここは、観光客の姿が多い。

修学旅行の生徒の姿も多かった。

千沙が、何処にいるのかわからない。携帯で、今の居場所を聞こうかと思ったが、彼自身も、兼六園の美しさを楽しみたくて、歩き回ってみることにした。

兼六園の中心にある霞ヶ池《かすみがいけ》に出る。

そこには、絵ハガキに必ず写る徽軫《ことじ》灯籠がある。

二本の足を、ふん張った形のこの石灯籠は、兼六園のシンボルで、観光客も、ここで、記念写真を撮りたいらしく、傍の石橋のところには、小さな行列が出来ていた。

だが、ここには千沙の姿は、なかった。

更に、坂をあがると、日本最古といわれるサイフォン式の噴水が見える。加賀藩の十三代城主の斉泰《なりやす》が、考案したといわれるものだった。

瓢《ひさご》池に足を進め、かやぶきの茶室、夕顔《ゆうがお》亭の前まで行くと、やっと、千沙が見つかった。

パンツに、カメラマンベストという格好で、千沙は、しきりに、夕顔亭に向って、シャッターを切っていた。

西本が、声をかけ、

「元気そうなんで、安心しましたよ」

と、いうと、

「本当は、元気じゃないんです」

と、千沙は、いった。

「しかし、もう仕事を始めているんでしょう」

「犀川へ行ってみません?」

と、千沙は、いった。

「いいですよ」

西本が、応じると、先に立って、歩き出した。

駐車場にとめてあった、小さなスポーツカーに、乗り込むと、千沙は、黙って、アクセルを踏んだ。

大通りを走り抜けて、たちまち、犀川の岸に着いた。

二人は、車をおりて、川岸を歩いた。

「この辺りは、室生犀星《むろうさいせい》が、よく歩いたんですって」

歩きながら、千沙が、いう。

「そうですか」

西本は、生返事《なま》をした。今は、犀星のことより、千沙の気持を知りたかったのだ。

しばらく、また沈黙が続いてから、千沙が、

「私ね」

と、いった。

「本当のことが知りたいんです」

「本当のことって？」

「小倉敬一さんが、なぜ、殺されたのか、その理由を知りたい」

「われわれ警察も、それを調べています」

「姉が、死んだのも、ただの事故とは、思えないんです」

と、千沙は、いった。

「どう考えているんです？」

「あの姉が、ただの自動車事故で死んだなんて、信じたくないんです」

「わかりますよ」

「みんな、私のネガが、消えたことと、関係があるような気がしてるんです。私の勝手な

想像かも知れないんですけど」

「いや、大いに関係があるかも知れませんよ」

西本は、励ますように、いった。

千沙は、微笑した。

「それで、失くなったネガと、同じ写真を撮ってみようと、思い立ったんです」

「全部、何処で、撮ったか、覚えているんですか？」

「こう見えても、私は、プロなんです」

と、千沙は、笑った。

「そうなんだ。あなたは、プロのカメラマンだ。だから自分の撮った写真は、全部、覚えているんだ」

「西本さんだって、自分が関係した事件のことは、全部、覚えているんでしょう？　細部まで」

「確かにね。不思議に忘れない」

「それと同じ」

「どのくらいで、失くなったネガと同じものを、もう一度、撮りおえるのかな？」

「わからないけど、一週間あればと、思っています」

と、千沙は、いった。

「ボクにも、何かあればいって欲しい。協力したい」

と、西本は、いった。

「写真は、私ひとりで、撮ります。あのネガも、全部、ひとりで、撮りましたから」

「わかりました。ボクは、それを見守りますよ」

と、西本は、いった。

「刑事さんのガードつき？」

「目立たないようにしますよ」

「私が、危険だと、思っているんですか？」

千沙は、立ち止まって、西本を見た。

「わかりません」

西本は、川面に眼をやった。

「もし、あなたが、写真を撮り直すことが、犯人に近づくことなら、危険かも知れない」

と、西本は、続けた。

千沙の顔が、白くなった。

「もし、あなたのいうとおりなら、私は、危険は歓迎よ」

と、千沙は、いった。

「あなたは、強い」

「私は、強くなんかないわ」

「立派だ」

と、西本が、いうと、千沙は、苦笑して、

「私は、強くも、立派でもないの。東京で、編集部長の小倉さんが、殺されて、ネガが失くなったと聞かされた時は、小倉さんのことを悼《いた》むより、これで、自分の写真集が出なくなるんじゃないかと、その方の心配をしたの。自分勝手の女なのよ」

と、いった。

「誰だって、自分のことを、真っ先に心配するさ。問題は、自分に正直かどうかということだよ。あなたは、正直だ」

「ありがとう」

「これから、何処を撮るつもりなんです？」

と、西本は、きいた。

「そうね、長町武家屋敷」

と、千沙は、元気に、いった。

「一緒に行きますよ」

二人は、車に戻ると、香林坊に近い、長町に向った。

助手席で西本は、金沢の観光地図を見つめた。

これから、千沙の案内で、金沢を観光するみたいな気分だった。

「金沢は、城下町なんだ」

西本は、地図を見て、いった。

「まるで、新発見でもしたみたい」

と、千沙が、笑う。

「長町武家屋敷といわれたんで、地図を見直したんですよ」

「金沢城が、中心にあって、犀川と浅野《あさの》川の二つの川が、お堀のように、流れているの。大きな外堀ね」

「その外堀が、金沢の町を、ずっと、守ってきたんですね」

「戦国時代から、江戸三百年をへて、今に続いている。古い歴史の町」

と、千沙は、いう。

「京都に似ているね。町の名前にも歴史がある」

「町全体が、歴史博物館だといった人がいるんです」

「それを、あなたは、写真に撮り続けたんだ」

金沢市内には、いくつかの用水が、流れている。これも昔の城下町の名残りである。昔は、城の中に、水を確保するために、用水が、掘られた。

その一つ、大野《おおの》庄用水の近くに車をとめ、二人は、水の流れに沿って歩いた。用水に沿って、武家屋敷の土塀が続く。用水は、コンクリートのではなく、石垣の内を、流れている。

ふと、タイムスリップした気分になってくる。

千沙が、立ち止まり、音を立てて、シャッターを切った。

3

長町武家屋敷を見たあと、二人は、犀川大橋を渡って、寺町に入った。

金沢は、金沢城を中心にして、東に浅野川、西に犀川があって、その二つの川が、城を守る外堀になっている。

その二つの川の外側に、寺院群が置かれている。

東の浅野川の外側にあるのは、卯辰《うたつ》山麓寺院群であり、西の犀川の外側に置かれたのが、寺町寺院群である。

「三代藩主が、徳川幕府に攻められた時、金沢城を守るために、二つの川の外側に、お寺を集めたといわれているんです」

と、千沙が、説明してくれる。

「寺って、人が住んでいないから、いざとなると、兵舎代りになるんだ」

「そうなの。この寺町には、六十以上のお寺が、集っているし、有名な妙立寺《みょうりゅうじ》もあるわ」

「妙立寺って、確か、忍者寺として有名な」

「ええ。だから、兵舎そのもの」

と、千沙は、笑った。

その妙立寺の前には、有名寺らしく、観光バスや、タクシーが、並んでいた。

二人は、七百円の拝観料を払って、中に入った。外観は、二階建だが、中に入ると、四階建になっている。見学者用に、赤じゅうたんが敷かれ、それに従って歩いていくと、迷路にさ迷った感じになる。全て、戦いに備えて、藩主が造らせたものなのだ。

妙立寺の裏には、松尾芭蕉《まつおばしょう》の句碑のある願念寺《がんねんじ》があり、他にも、寺が、文字通り、軒を並べている。

長町武家屋敷でも、そうだったが、この寺町を歩いていると、同じように、江戸時代に、引き戻された感じになってくるのだ。

西本は、ふと、それを、口にした。

「ボクは、こんな歴史のある町の生れ育ちじゃないから、わからないんだが、住んでいて、重苦しい気分になってくるんじゃないの？」

「普段は、わからないけど、こうして、カメラで追って行くと、めまいする時が、あるわ」

と、千沙も、いった。

「そうでしょうね。レンズの向うは、武家屋敷と、寺ばかりなんだから」

と、西本は、いった。

「気分直しに、犀川へ出ましょう」

と、千沙は、いい、寺町通りを歩いて、桜《さくら》橋に出る。

近くに、室生犀星が、好んで歩いたW坂があった。

犀星は、この近くに住んでいて、W坂を歩いたといわれる。

二人も、ジグザグに作られたW坂をおりて、犀川のほとりに出た。

大都市の中心を流れる川にしては、きれいな川である。

二人は、川に向って、腰を下した。

「ちょっと、カメラを貸して下さい」

と、西本はいい、そのカメラを手に取ると、いきなり、桜橋に向って、連続シャッターを切った。

千沙は、びっくりして、

「どうしたんです？」

と、きいた。

西本は、カメラを、彼女に返してから、

「気のせいかな」

「何が？」

「あの橋の上から、ボクたちのことを、見張っている人間が、いたような気がしたんです」

「え？」

と、千沙が、橋に眼を向けた。

西本は、川面に眼を戻したまま、

「もう、消えていますよ」

「本当に、そんな人がいたんですか?」

「ボクの気のせいかも知れませんがね」

と、西本は、いった。

うす暗くなってきた。

「何処かで、夕食を食べたいんですが、安くて、美味い店を、紹介してくれませんか」

と、西本が、いった。

「兼六園の近くに、よく行くお店があるんだけど、そこで、いいですか?」

「行きましょう。腹がへりました」

と、西本は、立ち上った。

車に戻り、千沙の案内で、兼六園の桂坂口に戻り、その傍にある茶屋見城亭《けんじょうてい》に入った。

一階が、銘菓や九谷焼を売る土産物《みやげもの》コーナーで、二階が、食事処になっていた。

テーブルに着くと、窓から、石川《いしかわ》門が見えた。

料理は、千沙におまかせで、加賀料理を頼んだ。

時間が、時間なので、店は、観光客で、一杯だった。

「さっきの話ですけど」

と、箸を動かしながら、千沙が、小声で、いう。

「ああ、見張られているかも知れないということですか。気になるのなら、忘れて下さい。ボクの気のせいかも知れないから」

「いいえ。そうじゃなくて、もし、私を見張っている人がいるんなら、かえって、嬉しいんです」

と、千沙は、いった。

「嬉しい？」

「姉が死んだのは、単なる交通事故とは、思っていないんです」

「わかりますよ」

「誰が、何のために、姉を殺したか、知りたい。もし、私が、原因なら、何としてでも、真犯人を見つけ出してやりたいんです。もし、西本さんのいうように、私が、見張られているのなら、その犯人を見つけるチャンスになるんじゃないかと思って、嬉しいんです」

と、千沙は、いう。

「やっぱり、あなたは、強い」

と、西本は、感心した。

「でも、これから、どうしたら、いいんでしょうか？」

「今日のように、金沢の写真を撮り続けて下さい。失くなったネガと同じ写真です」

「それだけで、いいんですか?」

「きっと、そのことが、真犯人は、気になると思いますよ。ボクは、あなたのお姉さんを、トラック運転手に頼んで、殺したのも、東京で、小倉編集部長を殺したのも、同じ犯人だと、思っているんです。動機は、多分、失くなった、あなたのネガだと思いますね。だから、あなたが、同じ写真を撮ろうとしているのが、犯人は、気になって、仕方がないんだと思います。だから、明日も、この金沢の町を撮り続けなさい」

「でも、あと、四日も、五日もかかると思いますけど」

「いいですよ。ボクも、その間、金沢にいますよ」

と、西本は、いった。

「いいんですか?」

「十津川警部に、命令されているんです。あなたの傍にいろとです」

「それなら、いいんですけど」

「そうだ。明日は、あなた一人で、写真を撮って下さい」

と、急に、西本が、いった。

「私ひとりで?」

「そうです。もちろん、ボクは、あなたの近くにいますが、私も、カメラを買って、あなたの近くに来る人間を、片っ端から撮りまくりたいんです。その中に、犯人がいることが、考えられますから」

と、西本は、いった。

4

西本は、夕食のあと、千沙と別れ、安物のＥＥカメラと、何本ものフィルムを買い求めて、ホテルに戻った。

東京の十津川に、電話をかけて、今日の報告をする。

「誰かに、見張られていたというのは、間違いないのか？」

と、十津川が、きいた。

「自信は、ありません。何しろ、彼女は、若くて、美人です。そんなカメラマンが、夢中になって、写真を撮っているから、珍しがって、観光客なんかが、集ってくるんです。面白がって見ているのか、犯人が、見つめているのか、今日は、判断がつきませんでした。明日から、私も、カメラを持って、集ってくる人間を、片っ端から、撮りまくってやろうかと思います。うまくいけば、その中に、犯人が写っているかも知れません」

西本が、いうと、十津川は、

「それはいいが、下手をすると、相手を警戒させてしまうぞ」

と、いった。

「確かに、その恐れは、ありますね」

千沙は、姉を殺した真犯人を見つけるためなら、自分が見張られているのは、苦にならないと、いった。

それなのに、西本が、派手に、カメラを振り回して、真犯人を警戒させてしまったら、何にもならなくなってしまうだろう。

「隠し撮りをしろ」

と、十津川が、いった。

「わかりました。工夫します」

と、西本は、いった。

西本は、持って来たコートを取り出した。

金沢は、東京より寒いだろうと思って、念のために、持って来たものだった。

今日は、着なかったが、明日は、少々、暖かくても、着て行こうと決めた。

右のポケットに、穴をあけた。

手を突っ込んだまま、カメラのシャッターを、切れるようにしたのだ。

カメラは、首から下げた格好で、右手をポケットに突っ込んだまま、シャッターを切る。これで、何とか、隠し撮りが出来るだろう。

翌日の午前十時に、西本は、約束しておいた東山《ひがしやま》の月心寺《げつしんじ》で、千沙に会った。

東山は、千沙が話していた、東の寺町で、寺の集っている場所である。その中でも、月心寺は、裏千家の祖、千仙叟宗室《せんのせんそうそうしつ》などの墓があることで、有名だった。

また、近くには、朱塗りの仁王門で有名な、全性寺《ぜんしょうじ》もある。

月心寺の茶室、直心庵や、全性寺の仁王門に、カメラを向ける千沙を、西本は、離れた場所から、見守った。

パンツルックで、大口径のカメラを二台持ち、腹這いに近い格好をしたりして、写真を撮りまくる千沙の姿は、確かに、観光客の眼を集めた。

感心した顔で、見守っているグループもいる。

西本は、コートの前をはだけ、ポケットに手を突っ込んだ格好で、シャッターを切った。

この辺りには、加賀友禅の祖といわれる宮崎《みやざき》友禅斎の墓のある龍国寺《りゅうこくじ》があり、寿経寺《じゅきょうじ》の七体の地蔵は、稲穂を持っている。安政の飢饉《ききん》の時、藩主に直訴した農民七人が処刑された。その七人の供養のために作られた、地蔵なのだ。

そんな姿を、千沙が、次々に、カメラにおさめていく。

そのあと、二人は、観光パンフレットに必ず出てくる俵屋《たわら》に向った。

「あめ」と書いた大きなのれんで、有名である。

江戸時代の商家の面影を、今でも、残している建物だった。

二人は、水飴を固くしたおこし飴を買い、それを、なめながら、浅野川沿いを、歩いた。

川沿いの「太郎《たろう》」という店で、少しおそい昼食に、キビ餅の入った寄せ鍋を食べた。

「昨日は、あなたにごちそうになったから、ここは、ボクに払わせて下さい」

と、西本は、いった。

太郎で、一休みしてから、二人は、ひがし茶屋街に行った。

石だたみの道をはさんで、両側に、紅殻格子《べんがらごうし》のお茶屋が、ずらりと並んでいる。

今は、昼間なので、ひっそりと、静かだった。

そんな花街の姿を、千沙は、写真に撮ってから、

「夕方に、もう一度、来たいと思います。その頃になると、三味線の音が聞こえて、この石だたみの上を、芸者さんが、姿を見せるんですよ」

と、千沙が、いった。

金沢には、三つの茶屋街があった。

ここ、ひがし茶屋街と、にし茶屋街、そして、主計町の三ヶ所で、その中で、ひがし茶屋街が、一番大きいという。

夕方、もう一度、来てみると、千沙のいった通り、ひっそりしていた通りに、灯がともり、賑やかになっていた。

三味線の音は、聞こえなかったが、連れ立って歩く芸者の姿が、見られた。

それを見に、観光客も、集って来ていた。

千沙は、石だたみの上に、屈み込んで、茶屋街の風景を、撮りまくった。

そのあと、千沙の運転で、近くの卯辰山に、登った。

標高わずか一四一メートルだが、山頂から眺める金沢の夜景は、素晴しかった。

金沢の市街が、一望できるのだ。

二人が、並んで、その夜景に、見とれている時だった。

ふいに、「ぴしッ」という音を、西本は、聞いた。

反射的に、西本は、隣りの千沙の身体を押し倒し、自分も、地面に、身体を投げ出した。

「あッ」

と、千沙が、小さな悲鳴をあげた。

「動かないで！」

西本は、小声で、叫んだ。
五、六分たったが、何事も起きなかった。
西本は、ゆっくりと、起き上った。

「もう大丈夫でしょう」

と、千沙に、声をかけ、彼女の手を引っ張って、立ち上らせた。

「何があったんです？」

千沙も、小声で、きく。

「射たれたらしいんです」

「え？」

「銃声は聞こえなかったから、サイレンサーを使ったらしい」

「本当に、射たれたんですか？」

「そう思っています。しばらく、写真を撮るのは、止《や》めた方が、いいかも知れません」

西本が、いうと、千沙は、

「いいえ」

と、暗やみの中で、首を横にふった。

「止めるなんて、嫌です」

「しかし、危険です」

「でも、私は、止めません！」

千沙が、声を、はげまして、いった。

「わかりました。ただ、ボクは、地元の警察に届けます。そうすれば、犯人も、用心して、しばらくは、何もしないでしょうから」

と、西本は、いった。

彼が、金沢警察署に届けて、パトカーと、鑑識が、卯辰山に駈け付けた。

投光器が、持ち出されて、射ち込まれた弾丸を、探した。

一時間近くかかって、地面にめり込んでいる弾丸が、発見された。

西本は、それを、検査後、東京の科研に送ってくれるように頼んでから、十津川に連絡をとった。

「私と、彼女は、無防備で、犯人に背を向けていましたから、殺そうと思えば、私でも、彼女でも、簡単に狙えたと思います」

と、西本は、いった。

「すると、殺す気はなかったと思うのか？」

「そう思います」

「脅しか？」

「脅しか、警告でしょう。それに、弾丸は、私の身体を、かすめました。私に対する警告です」

と、西本は、いった。

「君が、酒井千沙のガードをしているのが、うるさいと思ったのかな？」

「多分、そうだと思います。それで、県警に電話しました。大げさにすれば、犯人も、めったなことは、出来ないと思いましたので。犯人が、彼女に近づかなくなるというマイナスは、ありますが」

と、西本は、いった。

「それでいい。捜査は、多少おくれても、人命の安全第一だ」

と、十津川は、いった。

5

県警から、東京の科研に送られた弾丸は、直ちに、東京で起きた第一の殺人事件の弾丸と、照合された。

その結果は、十津川から、県警と、西本に、知らされた。

「思った通りの結果だったよ。東京四谷で、東央出版の小倉敬一を射殺したのと同じ拳銃から、発射されたものだった」

と、十津川は、西本に、いった。

「じゃあ、同一犯人が、金沢へ来て、射ったんでしょうか？」

西本が、きく。

「それは、わからん。拳銃だけ、別の人間が持って行き、君たちを、狙ったのかも知れないからな」

と、十津川が、いった。

「東京の殺人事件ですが、容疑者は、浮んで来たんですか？」

と、西本は、きいた。

「今のところ、K組の元幹部の矢代伍郎《やしろごろう》ではないかと思われている。その説が有力だ」

「証拠はあるんですか?」

「残念ながら、証拠はないし、K組の話では、矢代は、K組を破門になり、行方不明だ」

「じゃあ、彼が、金沢に来ている可能性はあるわけですね?」

「ああ。ある」

と、十津川は、いった。

翌朝、西本は、金沢市内のホテルのロビーで、千沙に会った。狙撃されてから、千沙を自宅マンションに帰すのは不安で、自分が泊っているホテルに、呼んだのだ。

もちろん、泊るのは、別室である。

ロビー内のレストランで、一緒にバイキング形式の朝食をとった。

東京の殺人と、同じ拳銃が、使用されたことを、西本は、話した。

「小倉さんを殺した犯人が、私を、狙ったんですか?」

と、千沙は、固い表情できいた。

「多分そうでしょう。ただ、狙ったのは、あなたじゃなくて、ボクの方だと思います」

と、西本は、いった。

「なぜ、西本さんを?」

「犯人は、殺すつもりじゃなくて、警告のつもりで、射ったんだと思うのです。警告なら、あなたを狙わなくても、傍にいるボクを射ったっていいんです」

「警告って、何への警告でしょう？」

「あなたが、失くなったネガと同じ写真を撮り続けていることへの警告だと思います」

西本は、いい、皿にとってきたトーストに、バターを、塗りつけた。

「でも、私は、止《や》めません」

千沙が、いった。

「それは、聞きました」

「何度でも、私は、いいます。姉の仇を討ちたいんです」

「そのお姉さんのことなんだけど、昨夜、ずっと、考えていたんですよ」

と、西本は、いった。

「何をです？」

「今も、お姉さんは、単なる事故死ではなく、殺されたと、思っています」

「私のせいで、殺されたんです」

「実は、ボクも、そう思っていました。あなたが、撮った写真のネガのために、小倉編集部長が、殺された。そして、次に、あなたのせいで、お姉さんが殺されたとです」

「ええ」

「でも、昨夜、ひとりで考えていて、これは、おかしいと、思い始めたんです。あなたが、殺されないのに、お姉さんが、なぜ、殺されたんだろうかってです」

「私も、狙われました」

「でも、あれは、警告です。それなのに、お姉さんは、いきなり、殺されてしまった。なぜだろう？」

「それは、私のせいです」

「あなたの姉だから？」

「ええ」

「犯人だって、殺人鬼じゃないんだから、あなたの姉だからといって、それだけの理由で、殺したりはしませんよ。だから、何か動機がある筈なんです」

「姉は、優しくて、敵を作ったりしない人です。私の姉以外で、犯人に殺されるなんて、考えつきません」

千沙が、きっぱりと、いう。

「お姉さんは、カメラを持って、金沢の町を撮って歩くようなことは？」

「いいえ。あまり写真を撮るのは、見たことがないんです」

と、千沙は、いう。

西本は、考えてから、

「香林坊に、喫茶店がありましたね」

「ええ」

「お姉さんが亡くなってから、行ったことが、ありますか？」

「いいえ。辛いから、行くのは、止《や》めました」

と、千沙が、いう。

「ボクも、店には、行ったことがないんです。行ったときは、お姉さんが、亡くなる直前で、店は、閉っていましたからね。きっと、店内は、美しく、飾られているんでしょうね」

「いいえ。姉は、店の飾りは、シンプルにという主義ですから」

「じゃあ、ピカソの版画なんかは、かかっていないんですか？」

「ええ」

「でも、壁には、何かかかっているんじゃありませんか？　例えば、妹のあなたの撮った写真を、パネルにして、飾ってあるとか」

西本が、きくと、千沙は、肯いて、

「ええ。私のモノクロ写真を、パネルにして、壁にかけていましたわ」

「それだ！」

と、西本が、叫んだ。

「何枚くらいの写真ですか？」

「全部で、十六枚だったと思います。それを、半月に一回くらいで、取りかえていましたから」

「もちろん、そのパネルのネガも、小倉編集部長に渡してあったんでしょう？」

「ええ」

「今、十六枚のパネルは、どうなっています？」

「わかりません。姉が死んでから、一度も行っていませんから」

「じゃあ、今日、行ってみましょう」

と、西本は、いった。

朝食がすむと、二人は、千沙の車で、香林坊に向った。

雑居ビルの中にある喫茶店へ上って行く。

千沙は、持参したキーで、入口のドアを、開けた。

湿った、どんよりした空気が、二人を押し包んだ。西本が、窓を開け、千沙が明りをつけた。

「あッ」

と、千沙が、叫ぶ。

「パネルが、一枚もないわ！」

6

白い壁には、一枚のパネルも、かかっていなかった。

調理室や、物置きも、調べてみたが、同じだった。何処にも、パネルは、無かった。

「どうしたんだろう？」

と、千沙が、いう。

「多分、お姉さんを殺した真犯人が、店に忍び込んで、写真パネルを、全部、持ち去ったんですよ」

西本が、店の中を、見回しながら、いった。

「でも、なぜ？」

「それは、東京で、あなたのネガが、全部、失くなったのと、同じ理由だと思いますよ」

と、西本は、いった。

「じゃあ、姉は、十六枚の写真のために、事故に見せかけて殺されたというんですか？」

「その可能性が、高い気がします。犯人は、東京で、小倉編集部長を殺して、あなたのネガを、全部、奪った。ところが、その中の十六枚が、パネルになって、この喫茶店にかかっているのを知った。それで、その十六枚も奪わなければならないと思ったが、あなたのお姉さんがいたのでは、それが出来ない。そこで、金で、トラック運転手を傭い、交通事故に見せかけて殺し、そのあと、犯人は、ここに忍び込んで、十六枚のパネルを、奪い取って行った。ボクは、そう考えたんです」

と、西本は、いった。

「でも、なぜ、十六枚のパネルのために、姉が殺されなければならないんですか？　それが、わからない」

千沙が、大声を出した。

「ここに、一人の人間がいる。金も、権力も持っている奴だ。それだけに、それを失うのを、極端に怖がっている」

と、西本は、いった。

「何のことか、わからないけど」

と、千沙が、きく。

「ある日、奴は、何処かで、君のネガを見た。そして、愕然とする。そのネガの中に、自分を亡ぼすようなものを発見したからだ。そこで、奴は、考える。この写真は、絶対に、発表されてはいけない。何とかして、失くしてしまわなければならない。そこで、奴は、金で、拳銃の使い手を傭い、ネガを持っている小倉編集部長を射殺し、ネガを奪わせたんだ」

「まだ、よくわからない。私は、人を傷つけるような写真を撮った覚えはないわ。私は、歴史のある金沢の町が好きで、撮りまくっただけ。それがなぜ、殺人を引き起こすの？　私には、わからないわ」

「あなたのいうとおりだ。あなたは、歴史に彩られた美しい金沢の町を、撮っただけなんだ。それは、素晴しい写真集に、なる筈だった。だが、たった一人の人間にとっては、その写真集が、命取りになった。だから、その人間は、殺人を犯してでも、その写真を、消滅させようと、考えたんだよ」

と、西本は、いった。

「でも、わからない！」

千沙が、叫ぶように、いった。

「なぜ、私の撮った写真が、殺人を引き起こしたの？　小倉編集部長さんを死なせたり、姉を死なせてしまったの？」

「正直にいって、ボクにも、はっきりとは、わからないんだ。ただ、小倉編集部長が、射殺されると同時に、あなたのネガが、紛失し、あなたのお姉さんが死ぬと同時に、店の十六枚のパネルが、消えている。どう考えても、君の撮った写真が、原因で、殺人が、起きたとしか、考えられないんだ。あなたは、納得がいかないだろうが」

と、西本は、いった。

「じゃあ、なぜ、私は、殺されないの？」

千沙が、怒ったように、きいた。

「あなたの撮った写真が、犯人にとっては、問題で、あなた自身じゃないからだと思う」

と、西本は、いった。

「でも、私は、もう一度、失くなった写真を、撮るつもりでいるわ。私は、金沢の何処で、どんなアングルで、写真を撮ったか、全部、覚えているの。西本さんのいうとおりなら、そんな私の行動も危険な筈だわ。それなのに、犯人は、なぜ、私を殺そうとしないの？」

「だが、犯人は、間違いなく、あなたの行動を監視していますよ。きっと、あなたの行動が、犯人にとって、危険だからだと思う」

「でも、私を殺そうとしないわ」

「警告されましたよ。警告の狙撃をされたじゃありませんか」

と、西本は、いった。

千沙は、駄々っ子みたいに、首を小さく横に振って、

「姉は、警告もなく、いきなり、事故に見せかけて殺されたわ。それなのに、私は、警告されただけで、殺されていない。姉に、申しわけないわ」

と、いった。

「お姉さんに、申しわけないと思う気持は、よくわかりますよ。しかし、今は、死んだお姉さんのためにも、犯人を見つけ出すことに、全力をつくすべきです」

「じゃあ、どうすればいいの？」

「小倉編集部長が殺され、ネガが全部盗まれた時は、どのネガが、殺人の原因になっているのかわからなかった。あなたは、全部、覚えているといい、何日間かかけて、同じ写真を撮るといっている」

「ええ。撮るつもりです」

「その枚数が、多過ぎて、殺人の動機になった写真を、その中から選び出すのは、大変だ

と思っていたんです。それが、この店へ来て、奪われたパネルは、十六枚とわかって、ほっとしたんですよ。少くとも、十六枚の写真に、範囲が、狭くなったんですからね」

と、西本は、いった。

「でも、十六枚もあるんだわ」

「その十六枚が、どんな写真か、覚えていませんか？」

と、西本が、きいた。

千沙は、店の中を、歩きながら、

「その中の何枚かは、覚えているんです。私が、パネルを作ったのなら、全部、覚えていると思うんだけど、姉が、私のネガの中から選んで、自分で、業者に頼んで、十六枚のパネルを作ったんです。だから、全部は、思い出せないんです」

と、いった。

「覚えているだけでもいいから、書き出して下さい」

西本が、いうと、千沙は、

「コーヒーをいれます。この店のコーヒーは、評判がいいんですよ」

と、いい、カウンターの中に入った。

西本も、カウンターに、腰を下した。ここは、落ち着くべきだと、思ったのだ。

千沙は、馴れた手付きで、コーヒー豆をひき、ブレンドしてから、アルコールランプに火をつけた。

たちまち、コーヒーの香りが、漂ってくる。

「お姉さんも、もちろん、この金沢の町が、好きだったんでしょうね」

と、西本は、話しかけた。

千沙は、肯いた。

「多分、私以上に、姉は、この金沢の町が好きだった筈です」

「お姉さんは、金沢の何処が好きだったんだろう？　二人でよく行った場所なんか、覚えていませんか？」

「姉と二人で――」

千沙は、考えながら、コーヒーカップを二つ並べ、それに、コーヒーをいれていった。

その一つを、砂糖、ミルクと一緒に、西本の前に押し出すようにしてから、

「子供の時は、姉とよく、犀川で水遊びをしたり、兼六園へ遊びに行ったりしてましたけど」

と、いう。

「兼六園は、お金が要るでしょう？」

「ええ。でも、子供の時、お金を払った覚えがないんです」

と、千沙は、笑った。

それで、少し、感情が、なごんできた。

「確かに、このコーヒーは、美味いな」

西本は、お世辞でなく、いった。

「そうでしょう」

「コーヒーを、ゆっくり飲みながら、リラックスした気分で、思い出して下さい」

と、西本が、いった。

千沙は、自分でいれたコーヒーを、口に運んでから、

「十六枚のパネルのことでしたね」

「ゆっくりでいいですよ」

「ひがし茶屋街」

と、千沙は、いった。

「ああ。二人で、行きましたね」

と、西本は、自分の手帳に、ひがし茶屋街と記入してから、

「何時頃の茶屋街の写真ですか?」

「夕方で、街灯に灯が入って、芸者さんが並んで歩いている写真でした」

と、千沙が、いった。

「いかにも、茶屋街といった写真ですね」

と、西本が、いう。

「犀川大橋近くの犀川」

千沙の言葉が、続く。

「大野庄用水の流れる武家屋敷」

「加賀友禅」

「金沢駅東口」

第三章　関係者

1

東央出版の小倉敬一編集部長が、酒井千沙の撮ったネガのために、射殺されたことは、明らかになった。

千沙の姉も、同じように、妹の撮った十六枚の写真のために、自動車事故に見せかけて殺されたと思われると、西本は、十津川に報告して来ている。

小倉が、千沙のネガを、持っていることを、犯人は、どうして、知っていたのだろうか？

そのネガの中に、殺人の動機になるようなものがあったに違いないのだ。

十津川は、捜査会議で、説明した。

「西本の話で、問題の写真は、十六枚まで限定された。その中の一枚に、殺人の動機があったのか、複数の写真かは、まだわかっていないが、十六枚のどの写真も、歴史の町、金沢を撮ったものだということは、わかっている。もちろん、その写真は、小倉が、千沙から預っていたネガの中にあったものだ。犯人は、その写真が、写真集として、出版されるのを知って、小倉を殺して、ネガを奪うことを、考えたんだと思う」

「問題は、犯人が、いつ、そのネガの中身を知ったかですね」

と、亀井が、いった。

「そうだ。多分、小倉が、そのネガを犯人に見せたんだよ。もちろん、それが原因で、自分が殺されることになるなどとは、全く、考えていなかったと思う」

「小倉は、いったい、誰に、ネガを見せたんですかね？　まず、考えられるのは、同じ東央出版の人間ですが」

と、亀井が、いった。

「それについては、日下刑事が、調べている」

「それが、面白いんです」

と、日下が、いい、

「編集部長の小倉は、自分の責任で、本を造る時は、他の編集者たちには、相談せず、自分一人の考えで、どんどん、仕事を進めていくんだそうです。酒井千沙の写真集の場合も、自分一人で、どんどん、仕事を進めて行っていたそうで、他の編集者は、肝心のネガを見ていないんです」

「それは、間違いないのか？」

亀井が、きく。

「まず間違いありません。小倉は、自分が気に入った企画は、いつも、一人で、どんどん、仕事をすすめていくそうですから」

「しかし、犯人は、ネガを見ているんだ。だからこそ、小倉を殺して、ネガを奪った」

十津川が、いった。

「小倉が、誰にネガを見せたか、それがわかればですが」

亀井が、口惜しそうに、いった。

「小倉が、どんな人間と、つき合っていたかは、君たちが、調べてくれた筈だな」

と、十津川は、三田村《みたむら》と、北条《ほうじょう》早苗《さなえ》の二人に眼を向けた。

三田村が、答える。

「小倉は、亡くなった父親が、有名な社会評論家だったせいもあって、意外に広い人間関係の持主です。出版人ですから、作家とのつき合いは、もちろんありますが、その他、政財界や、芸能界の人間とも、つき合いがありました」

「その広い交際範囲の中に、ネガを見せた人間がいるというのかね？」

十津川が、きく。

「可能性は、あります」

「しかし、ばくぜんとしすぎているな。もっと、範囲を絞れないのか？」

十津川がきくと、早苗が、

「それは、出来ると思います」

「どうやってだ？」

「小倉部長も、写真に全く関心のない人間に、ネガを見せたりはしないと思うのです。相手が、写真に興味があるか、或いは、金沢に関心のある相手とだけ、写真集のことを話し、ネガを見せたのだと思います」

と、早苗は、いい、三田村と二人で調べた、小倉敬一の交友関係のリストを、十津川に見せた。

そこに、十二人の男女の名前があった。

三田村のいうように、政治家の名前もあれば、有名タレントの名前もある。

「この中から、写真の好きな人間を、リストアップ出来るのか？」

十津川が、きいた。

「三人の名前を、選んでみました」

と、早苗はいい、その三人の名前の上に、丸印をつけた。

南条和夫《なんじようかずお》（六十歳）代議士
松本《まつもと》　弘《ひろし》（四十歳）俳優
小川明子《おがわあきこ》（三十五歳）モデル

「南条代議士は、金沢の生れで、地元石川県選出で、松本弘は、中堅の俳優で、旅行好き、最近、『日本の古都めぐり』と題した本も出しています。その中には、金沢も入っていて、しかも、この本は、東央出版から出ています。三人目の小川明子は、主に、和服のモデルとして、主婦向けの雑誌のグラビアを飾っていますが、加賀友禅のモデルもしていて、金沢の加賀友禅まつりの時、出演しています」

早苗が、説明した。

「つまり、小倉は、この三人に、ネガを見せた可能性があるというんだな？」

「そうです」

「私も、そう思います」

と、三田村も、いった。

「それを、確認しよう」

と、十津川は、いった。

2

十津川と、亀井《かめい》が、南条代議士に会うことにした。

議員宿舎で、南条に会った。

「小倉君のことは、残念だよ」

と、南条は、二人の刑事に向って、いった。

彼の葬儀にも、参列させて貰ったともいう。

「小倉さんが、近く、金沢の写真集を出すことになっていたのは、ご存知ですか?」

と、十津川が、きいた。

「一緒に飲んだ時に、聞いている。若い女性カメラマンの撮ったもので、素晴しい写真だといっていた」

「そのネガを、ご覧になりましたか?」

「いや。見ていない。だが、出来たら、十冊欲しいと、予約はしたがね」

と、南条は、いった。

「小倉さんが、他の誰かに、写真集のことを話したかどうか、ご存知ありませんか？」

亀井が、きいた。

「彼には、好きな女性がいてね」

と、南条は、笑った。

「誰でしょうか？」

「何とかいう三十代のモデルらしいんだが――」

「小川明子さんですか？」

「ああ。小川何とかさんだ。その人は、加賀友禅が大好きとかで、写真集が出来たら、絶対に、贈呈するんだと、いっていたよ」

「それ、間違いありませんか？」

「ああ。間違いない」

と、南条は、いった。

二人は、捜査本部に戻ると、問題の小川明子に会いに行った田中《たなか》と、片山《かたやま》のコンビの刑事が、もう、先に戻っていた。

「小川明子の反応は、どうだった？」

十津川が、きくと、田中は、小さく、肩をすくめて、

「それが、今、日本にいないんです」

「いない？」

「ええ。仕事で、ヨーロッパを回っているそうです。何でも、日本の着物文化を、ヨーロッパ、アメリカに広めるということで、他の五人のモデルと一緒に、総勢十二人で、十日前から、出かけているそうです。スケジュールは、確認して来ました」

「十日前からか」

「明日、帰国するそうです」

と、片山が、いった。

「明日か。帰国したら、すぐ、会いに行ってくれ」

と、十津川は、いった。

俳優の松本弘に会いに行った日下刑事は、夕方になって、帰って来た。

「Nテレビで、ドラマの録画撮りが行われていて、それが終るのを待ってから、話を聞いたので、おそくなりました」

と、日下は、いった。

「それで、小倉の件は、どういっていた？」

「金沢の写真集が、近く出版されることは、小倉に聞いていたといっています。ただ、写真集が出たら、買いますといったそうで、ネガは、見ていないと、いっています」

「その言葉は、信用できそうか？」

十津川が、きいた。

「正直にいって、わかりませんが、私の質問には、落ち着いて、答えていた感じがしました」

「それは、小倉と、酒井由美を殺して、写真や、ネガを手に入れてしまったから、落ち着いているのかも知れんぞ」

と、亀井が、いった。

翌日、モデルの小川明子は、一五時一五分成田着のＪＡＬ四〇二便で、ロンドンから帰ってくることになっていた。

成城《せいじょう》の自宅マンションには、午後五時過ぎには、戻っているだろう。

日下刑事が、それに合わせて、マンションを訪ねることになった。

午後七時を過ぎて、日下から、電話が、入った。

「小川明子は、まだ、帰って来ません」

と、いう。

八時になって、日下は、「まだ、帰りません」と、連絡してきた。

十津川は、小川明子が所属しているプロダクションに、電話をかけた。

彼女の、井本《いもと》というマネージャーに、電話口に出て貰った。井本も、一行に同行して、ヨーロッパ、アメリカを回って来たという。

「成田で、彼女と別れました」

と、井本は、いった。

十津川の不安が、深くなった。

「彼女の自宅マンションまで、送らなかったんですか？」

「ちょっと、行くところがあるといわれましてね。空港で別れたんです」

「行先は、わかりませんか？」

「わかりませんが、多分、彼のところだと思います。浮き浮きしていましたから」

と、井本は、いった。

「小川明子さんには、恋人がいるんですか？」

「三十五歳ですからねえ。恋人がいてもおかしくはないでしょう」

「何処の誰です？」

「わかりません」

「しかし、あなたは、マネージャーでしょう」

「彼女が、未成年だったら、プライバシィにも踏み込めますが、三十代のいい大人ですよ。いちいち、そのプライバシィに踏み込めますか？」

井本は、怒ったように、いう。

「全く、何にもわからないんですか？」

と、十津川は、きいた。

「五十代の地位のある男性ということだけは、聞いたことが、あります。その他のことは、聞いてないんです」

「今夜は、その男性の所に泊ってくるんでしょうかね？」

「それは、わかりませんが、明日は、午後一時から、仕事が入っていますから、私は、正午には、マンションに迎えに行くつもりです」

と、井本は、いった。

「その仕事のことは、当然、小川さん本人も知っているわけですね？」

「もちろん、知っているし、今日、空港で別れる時、念を押してあります」

と、井本は、いった。が、十津川の不安は消えなかった。

しかし、小川明子の行先が、わからなくては、探しようがなかった。とにかく、日下刑事に連絡して、帰らせ、翌日、また、正午に、マンションに行って貰うことにした。

だが、次の日の午後になっても、小川明子は、自宅マンションに、帰って来なかった。

「井本マネージャーが、怒っています」

と、日下が、連絡してきた。

「すぐ、小川明子の捜索願を出すように、いってくれ」

と、十津川が、いうと、井本が、電話口に出て、

「どういうことですか？　何か、危険なんですか？」

と、きく。

「かも知れません」

と、十津川は、いった。

「しかし、彼女は、一人前の大人ですから、たった一日、いなくなったからといって

……」

「いいから、捜索願を出して下さい。下手をすると、事件に巻き込まれたことも考えられるんです」

と、十津川は、脅した。

井本マネージャーが、あわてて、警察に、捜索願を出した。おかげで、十津川たちは、小川明子のマンションに入って、室内を調べることが、出来た。

十津川が、知りたかったのは、小川明子が、会いに行ったと思われる男のことだった。

2LDKの部屋に入って、手紙や、アルバム、名刺などを調べた。

そして、男名前の人間に、片っ端から、連絡してみた。が、昨日、小川明子に会ったという返事は、聞けなかった。

その相手が、本当のことを答えているのか、嘘をついているのか、わからなかった。

わからないままに、その日が終り、翌日の午前九時過ぎになって、十津川の不安が適中してしまった。

小川明子の死体が、多摩《たま》川に、浮んで、発見されたのだ。

十津川たちは、現場に急行した。

東京都側の川岸に、水死体となって、浮んでいたというのである。

十津川たちが、着いた時には、死体はすでに、引き揚げられていた。

同行した井本マネージャーは、服装は、空港で別れた時のままだと、いった。

持っていた筈のハンドバッグは、見つからなかった。他殺か、事故かわからない。死体は、すぐ、司法解剖のため、大学病院に運ばれた。

死体の発見者は、犬を散歩に連れて来た近くの老人だった。

「やられたな」

と、十津川は、亀井に、いった。司法解剖の結果が出なくても、十津川は、小川明子が、殺されたと、確信したのだ。

「彼女は、小倉に、問題のネガを見せられたと、お考えですか？」

と、亀井が、きいた。

「そう思っている。そして、彼女は、そのことを、犯人に教えたのだ。多分、好意からね。そして、そのために、殺されたんだ」

と、十津川は、いった。

3

司法解剖の結果が出た。

死亡推定時刻は、昨日十一月七日の午前九時から十時の間だった。

死因は、首を絞められたことによる窒息死である。

小川明子は、一昨日、十一月六日の午後三時過ぎに、他の仲間と、帰国したが、一人だけ、空港で別れている。

マネージャーの井本は、恋人の所に行ったのだろうと、見ていた。彼の話では、名前はわからないが、五十代の男らしい。

小川明子が、その男に会いに行ったとすれば、六日は、その男の家に泊り、翌日の朝食のあと、殺されたのではないのか。

犯人は、夜になってから、多摩川に、死体を運んで、川に、放り込んだのか。

「小倉が、小川明子に、問題のネガを見せ、写真集の話をしたと仮定して、事件を考えてみよう」

と、十津川は、亀井たちに、いった。

「小川明子が、そのために、小倉敬一や、酒井千沙の姉を殺すことにしたとは、考えにくい。もし、そうなら、今、彼女自身が殺されてしまったのが、説明しにくいからだよ。だから、私は、こう考える。小川明子は、小倉から、写真集の話を聞いたり、ネガを見せられても、殺意を感じるどころか、楽しかったと思うのだ。自分の好きな金沢の写真だし、加賀友禅の写真もあるんだからね。ところが、彼女は、ネガの中に、自分の恋人が関係している写真を見つけたんだと思う。その時も、その写真が、殺人を引き起こすなどとは、考えもしなかったと思うね。だから、彼女は、その写真のことを、恋人に話したに違いないんだ」

「と、いうことは、血なまぐさい写真なんかではなかったということですね」

と、西本が、いう。

「もちろんだ。むしろ、楽しい写真だったと思うね。だから、小川明子は、恋人も喜んでくれると思って、話したんだと思う。そして、そのあと、彼女は、ヨーロッパ、アメリカへの仕事に出発したんだ。殺人事件が起こるなどとは、考えずにだよ。帰国してからも、呑気に、恋人に会いに行ったのが、その証拠だ」

「井本マネージャーの話では、彼女は、パリで、三十万くらいのカルティエの男物の腕時計を買ったといっていましたから、帰国するとすぐ、恋人に、それを届けに行ったんだと思いますね」

と、亀井が、いった。

その腕時計も、見つかっていない。

「問題は二つある。小川明子が、恋人に話した金沢の写真は、何なのかということと、恋人の正体だ」

と、十津川は、いった。

「まず、恋人を見つけ出しましょう」

と、亀井が、いった。

今のところ、五十代の男としか、わかっていない。

もし、その男が、妻子持ちなら、小川明子との関係には、気を遣っていただろう。

男の名前を明らかにするのは、意外に難しいかも知れない。

十津川と、亀井は、もう一度、井本に会った。

井本は、疲れた顔で、

「いくら聞かれても、彼女の男のことは、知らないんです。名前も知らないし、会ったこともないんです」

と、いった。

「小川さんのマネージャーになって、何年です?」

と、十津川は、きいた。

「ボクは、三年です」

「三年もつき合っていれば、彼女の性格は、よくわかっていたんじゃ、ありませんか?」

「まあ、かなりね」

井本は、ちょっと、自慢そうに、いった。

「性格は、激しい方ですか？ それとも、慎重な方でしたか?」

と、十津川は、きいた。

「二十歳の頃は、かなり激しかったみたいですが、ボクが知り合った頃は、もう、三十二歳になっていましたから、ずいぶん落ち着いていました」

「結婚ということは、考えていたんでしょうか？」

「ボクには、独身生活を楽しみたいみたいないい方をしていましたがね」

「ロマンスはあったんですか？」

「それが、あまりありませんでしたね。独身だし、美人だから、ロマンスの一つや二つあっても、おかしくはないんですがね」

「それは、五十代の恋人がいたからですかね？」

「かも知れません」

「パリで、三十万のカルティエの腕時計を、恋人へのおみやげに買ったそうですが」

「ええ。男物の腕時計でしたから」

「あなたも、その買物に、同行したんですか？」

「ええ。ボクが、ちょっと、フランス語が出来るんで、パリでは、通訳もしましたから」

と、井本は、いう。

「それで、カルティエのどんな腕時計を買ったんですか？」

「角型のオーソドックスなやつですよ。タンクと呼ばれるやつです」

「腕時計以外には、何も買わなかったんですか?」

と、十津川が、きいた。

「ああ、ネクタイを、二本、買ってましたよ。その一本を、ボクにくれましたが」

「その二本は、どんな柄のネクタイですか?」

「ボクにくれたのは、派手なものでしたが、もう一本は、地味な柄でしたね」

「その方は、カルティエの腕時計と一緒に、恋人にプレゼントしたんですかね?」

「そうでしょうね」

「サラリーマンかな?」

と、十津川は、呟いた。

「サラリーマンですか?」

と、井本は、考えていたが、

「彼女、普通のサラリーマンには、興味がないみたいなことをいってたことがあるんですよ」

「普通のサラリーマンには、興味がないですか」

「そういいましたよ。もちろん、わざと、そんないい方をしたのかも知れませんがね」

「彼女は、どんな男性が、好みだったんですかね？」

と、亀井が、きいた。

「そうですねえ」

と、井本は、また考えてから、

「いつだったか、彼女のプロフィールを書く必要があって、彼女の親友という女性に会ったことがあるんですよ」

「それで？」

「その女性が、いってたんですが、小川明子は、二十代の頃は、美男子が好きだったが、最近は、教養のある、尊敬できる男が、好きになっているみたいだと」

「教養のある、尊敬できる男ですか」

「そうです」

と、すると、殺された小倉も、尊敬できる男の中に入っていたのかも知れないと、十津川は、思った。

十津川と、亀井は、井本のいう、明子の親友に会ってみることにした。

現在、新進画家として、活躍している小松久美子《こまつくみこ》という同じ三十五歳の女性だった。

晴海《はるみ》のマンションを、アトリエにしていた。

久美子は、陽当りのいい部屋で、二人に、コーヒーをすすめてから、

「明子が、あんなことになって、びっくりしてるんです。そのうちに、パリや、ロンドン、それに、ニューヨークの話を聞こうと思っていたのに」

と、いった。

「彼女のマネージャーに聞かれて、最近の明子さんは、男の趣味が変って来て、外見のスマートさより、教養があって、尊敬できる人が好きになっていると、答えたそうですね」

十津川が、いうと、

「彼女は、そうでしたからね」

と、久美子は、微笑した。

「彼女に、五十代の恋人が、いたんですが、名前など、ご存知ありませんか？」

亀井が、きいた。

「私ね、その人に会ったこともないし、名前も知らないんだけど、いつだったか、彼女が、今、えらい先生と、つき合ってるのって、いったことがあるんですよ」

と、久美子は、いった。

「えらい先生？　大学教授か何かですかね？」

十津川は、眼を光らせて、きいた。

「私が、聞いた時の感じでは、時々、テレビにも、出演しているような人みたいでしたわ」

「テレビに出ている？」

「ええ。いつだったか、午後十時だかのテレビをどうしても見なくちゃといって、あわてて、帰って行ったことがあるんです。あれは、彼が、十時のテレビに出ていたからだと、思うんですよ」

「しかし、タレントじゃない？」

「ええ」

「その十時の番組というのは、どんなテレビ番組だったんですか？」

「確か、歴史紀行みたいな教養番組でしたよ」

「歴史紀行ですか」

「ええ」

「京都や、金沢のような歴史のある土地を、訪ね歩くような番組ですか？」

「ええ。でも、その番組を、私は、見てないんですよ」

と、久美子は、いった。

(何か、わかりかけてきたような気がする)

と、十津川は、思った。

「それ、いつ頃のことですか？」

と、十津川は、きいた。

4

その時は、今年の四月頃だと思うと、小松久美子は、いった。

十津川と、亀井は、捜査本部に帰ると、今年四月の新聞を取り出して、テレビ欄を調べていった。

その時、歴史紀行番組を、午後十時台にやっていたのは、NSテレビだけである。

三月上旬から、五月にかけて、毎週月曜日の十時台に、十三回放送していた。

内容は、十津川の考えた通り、京都、奈良、金沢、角館《かくのだて》といった古い町を、前半、紀行して歩き、後半、その町の歴史について、対談するといったものだった。

その番組には、合計、七名の評論家、作家、詩人が出演し、NSテレビの女子アナウンサーが、インタビューしていた。

十津川は、その七人を、書き出した。

このうち、女性を除外すると、五人である。

園田《そのだ》　実《みのる》（歴史研究家）
西方広太郎《にしかたこうたろう》（評論家）
なかの文夫《ふみお》（作家）
北原《きたはら》　忠男《ただお》（国文学者）
石川《いしかわ》　裕一《ゆういち》（詩人）

この五人のうち、五十代は、西方広太郎と、石川裕一の二人で、他の三人は、六十代だった。

西方は、五十一歳。新進の社会評論家で、同時に、歴史小説も書いていた。社会科学の立場から見た歴史が、売りである。

石川は五十五歳。山形生れの詩人で、この歴史紀行では、東北の城下町の二本についてだけ出演していた。

「西方広太郎を、重点的に、調べてみよう」

と、十津川は、いった。

十津川と、亀井は、アポをとってから、翌日、永福町《えいふく》にある西方の家を訪ねた。

和風の広い家だった。
二十五、六歳の女性が、迎えに出て、二人を、奥に案内した。
庭に面した座敷で、西方に会うと、十津川は、

「お嬢さんですか?」

と、きいてみた。

西方は、笑って、

「残念ながら、私に娘はいません。彼女は、私の大学の後輩で、歴史が好きで、私の助手を務めてくれているんですよ。来週から、四国の取材に同行することになっています」

と、いう。

「失礼ですが、奥さんは?」

十津川が、きくと、西方は、急に、眉を曇らせて、

「今、軽井沢《かるいざわ》の病院で、療養しています」

「どこが、お悪いんですか?」

「慢性の心臓病です」

と、いう。もう二年も、入院しているのだとも、西方は、いった。

「歴史紀行というNSテレビの番組に、ご出演なさっていますね。拝見しました」

十津川は、ちょっと、嘘をついた。

「ごらんになったんですか。正直にいうと、ボクは、テレビの仕事は、あまり好きじゃないんですがね」

西方は、照れた表情をした。

「しかし、歴史のある町というのは、お好きなように、お見受けしますが」

十津川は、あくまで、丁寧に、いった。

「そりゃあ、好きですよ。今、どんどん、都市から、歴史的な遺産が失われていますからね。それが、残念だし、悲しいですよ」

西方は、生まじめに、いった。

「金沢は、お好きですか？」

と、十津川は、きいた。

「金沢？」

と、西方は、おうむ返しにいってから、

「もちろん、大好きですよ」

「しかし、NSテレビの歴史紀行では、金沢の町は、担当されませんでしたね」

十津川が、いうと、西方は、笑って、

「決めるのは、テレビ局ですからね。確か、私は、あの時、九州の太宰府《だざいふ》と、国東《くにさき》半島をやらせて貰ったんです。結構、楽しかったですよ」

「最近、金沢へ行かれていますか？」

と、亀井が、きいた。

「いや、最近は、ちょっと、行っていません」

「最近というと、どのくらいですか？」

「ここ、二、三年は、行っていないと思いますよ」

と、西方は、いってから、

「今日は、何か事件のことでということでしたが？」

と、二人の刑事の顔を、盗むように見た。

「ああ、そうでした。小川明子という和服のモデルをしている女性が、殺された事件を、今、捜査していましてね」

十津川は、いいながら、西方の顔を見つめた。

西方は、動揺の色も見せず、

「どういう方ですか？　その女性は」

と、きいた。

「今、いったように、和服のモデルで、三十五歳の美人ですよ」

「しかし、なぜ、私に？」

「実は、小川明子さんが、西方さんと、親しかったという話を聞いたものですから、西方さんに、何か、小川さんのことを聞けたらと、思いましてね」

十津川が、いうと、西方は、笑って、

「残念ですが、私は、その小川という女性を、全く知らないのですよ」

と、いう。

十津川は、彼女の写真を見せて、

「この女性ですが、ご記憶がありませんか？」

「きれいな方だが、お会いしていませんね。これでも、人の顔は、忘れない方ですが」

西方は、また、笑った。

5

十津川は、黙って立ち上ると、部屋の中を、見回した。

棚の上に、西方の写真が、いくつか飾られていた。

「ああ、これが、例のテレビ番組に出演された時ですね」

と、十津川が、いうと、西方は、微笑して、

「わざわざ、テレビ局が、パネルにして、贈ってくれたんですよ。私は、こういうのを飾るのは、あんまり、好きじゃないんですがね」

「ご立派に見えますよ。こちらの三枚は、外国ですね」

「それは、シルクロードを、探検した時のものです。中国の楼蘭《ろうらん》から、イランへ抜けた時のものです。私は、日本の文化の多くが、ペルシャから、シルクロードを通って、伝えられたと、思っているのです」

「ゴビの砂漠も、らくだに乗って、通られたみたいですね」

「私はね、常に、書斎の学者ではなく、行動する学者でありたいと、思っているのですよ」

と、西方は、いった。

「カメラを持って、ご自分で、写されたみたいですね」

「それは、ライカM3で、撮ったものです。何事も、他人《ひと》に委《まか》しておけない性格でしてね」

「ご立派です」

と、いいながら、十津川は、本棚に眼を移して、

「ずいぶん、本を出されているんですね」

「いいたいこと、書きたいことが、いくらでもあるんですよ。特に、現在の日本を見ていると、心配なこと、腹の立つことが、あり過ぎるんです」

「と、いうと、憂国の書ということですか」

「多くの若者が読んで、手紙をくれるのが、嬉しいですね」

「写真集も出していらっしゃるんだ」

十津川は、小さく声をあげ、その写真集を手に取った。

「今いったライカM3で、撮ったものですよ」

「日本の都市の歴史を考える――ですか。ああ、金沢も、撮られているんですね」

「好きな町の一つですからね。ただし、その写真集は、五年前に出したものですよ。奥付を見て下さい」

と、西方は、いった。

「そのようですね」

「今もいったように、金沢には、二、三年、行っていないんですよ。忙しくて」

「カルティエが、お好きなんですか?」

と、ふいに、十津川が、きいた。

西方は、不意をつかれた形で、

「え?」

「この写真を見ると、この時、西方さんがしていた腕時計は、カルティエの角型みたいに見えるんですよ。セルフタイマーで三枚、ご自分を写されていて、それに、カルティエが、見えるんです」

「そうですか。あまり、腕時計には、関心がないので」

と、西方は、いった。

「ネクタイも、地味な柄が、お好きみたいですね」

「行動する学者が、目標ですが、学者は、学者なので、あまり派手なものは、敬遠しています。ただ、センスはいいつもりですよ」

と、西方は、いう。

「今度、何かで、パリへ行くことがあったら、ネクタイを買ってきて、先生にプレゼントしますよ」

十津川がいうと、西方は、びっくりした顔で、

「なぜ、そんなことをいわれるんですか？　私は、あなたにネクタイをプレゼントされるほど、親しくありませんよ」

と、いった。

「そうでした。失礼しました」

十津川は、頭を下げ、亀井を促して、帰ることにした。

捜査本部に戻ると、十津川は、まず、西本刑事を、国会図書館に行かせ、西方のところで見た写真集を、借りさせることにした。

西本が、その写真集を借りて来た。

亀井が、「これですね」と、改めて、写真集を、のぞき込んだ。

「カメさんの感想を聞きたいな」

と、十津川が、ページを繰りながら、いった。

「西方の家で、見た彼は、若者向きのスポーツタイプの腕時計をしていましたよ。わざと、あれを、見せびらかすようでした。しかし、この五年前の写真集に写っている西方は、いずれも、クラシックなカルティエの腕時計をはめています。明らかに、西方の好みは、オーソドックスなカルティエの角型の腕時計なんです。だから、殺された小川明子は、パリで、カルティエの同じようなオーソドックスな角型腕時計を、プレゼントに買ったんだと思いますね。それに、地味なブランドもののネクタイも買った。それは、間違いないと、私は、思います」

「小川明子を殺したのは、西方だということだな」

「そうです」

「しかし、今のところ、証拠はない。それに、ヨーロッパから帰国した小川明子は、成田から、一人で、行先を告げずに何処かへ行き、二日後に、多摩川で、死体で発見されているんだ。彼女が、成田から何処へ行ったのか、誰に会ったのか、それを、実証しなければならないんだよ」

と、十津川は、いった。

「それは、西方に会いに行ったに決っています。彼へ、パリで買ったプレゼントを渡しに行ったんですよ。他に、考えようがありませんね」

亀井は、勢い込んで、いった。

「小川明子は、永福町のあの家に、行ったと思うのかね？」

十津川が、きくと、亀井は、急に、戸惑いの表情になって、

「私は、精一杯、あの家を観察したつもりですが、男女が、隠れて会うには、あまり、ふさわしいとは、思えませんでした。若くて、美人の秘書みたいな女性もいましたしね」

「その点は、私も、同感なんだ。私も、それとなく、あの家の中を観察したが、大人の男女の隠れ家というには、ふさわしくない」

「しかし、私は、西方が、犯人だと確信しています。あの学者面は、気に入りません」

と、亀井は、いった。

「では、二つの方向で、捜査を進めることにする。一つは、西方広太郎という男の人物像だ。彼の五十一年の人生とは何なのかということだ。もう一つは、西方が犯人として、小川明子とは、何処で会ったのかということだ。つまり、西方は、女と、ひそかに会う隠れ家を持っているかどうかということだ」

と、十津川は、いった。

直ちに、二つの方向での捜査が始められた。

西方広太郎という男の人物像が、少しずつ、明らかになってくる。

五十一年前、西方は、西方広正《ひろまさ》・聖子《せいこ》夫妻の間に生れた。

父の広正は、金沢市内で、内科医院を開業していた。

母は、資産家の娘だった。

両親はひとりっ子の西方を、医者にしたかったらしいが、西方は、東京のK大で、政治、経済の勉強を始めた。

当時の同窓生の何人かに会って、西方のことを聞いた。

「とにかく、自信家だったね。勉強もよくしていたが、それ以上に、何事についても、自信満々だった。あの自信は、何処から来たのかな」

「女性にも、もてましたよ。何しろ、自信満々に、押していきますからね。ただ、彼のそんな押しの強さを嫌う女性もいたなあ」

「彼は、女好きだけど、本当は、女をバカにしているようなところがあったわ。その点、彼の中には、古めかしいところがあったんじゃないかしら」

「彼は、文学青年の一面も持っていましたよ。ボクなんかと、同人雑誌をやってましたからね。ええ、その頃から、歴史を、政治や経済の視点から見すえる小説を書いていましたね」

6

K大を卒業したあと、西方は、アメリカに留学した。ここでも、政治、経済を学ぶ。アメリカの大学に在学中に、アメリカ人女性と結婚したが、一年で、離婚した。このことを聞かれると、西方は、いつも、「若気のいたり」と、答えている。

アメリカの大学、二校で学んでから、帰国した。

二十九歳の時である。

この年、父の広正が、病死した。母の聖子は、西方に、金沢に戻って欲しかったようだが、西方は、K大の講師の道を選んだ。

八年後、三十七歳で助教授になった。

その後、西方は、テレビ出演が増え、同時に、小説も書くようになる。

「とにかく、歯切れがいいし、断定的ないい方が、うける理由でしょうね」

と、中央テレビのプロデューサーは、いった。

「小説そのものは、決して、上手いとはいえませんね。文章は、生硬《せいこう》だしね。しかし、日本の読者というのは、小説としての楽しみの他に、プラスαを求めるんですよ。例えば、織田信長《おだのぶなが》のことを書いた作品を読んで、会社経営の方法を学ぼうとしたりです。その点、西方さんの書くものは、そのプラスαが、一杯詰っているんですよ。それが、人気の秘密じゃありませんか」

と、N出版の部長は、いった。

四十五歳あたりから、西方は、急に、政治的発言が、多くなった。

そして、政治家と、つき合うことが、多くなった。

同時に、郷里の金沢にも、よく帰るようになり、金沢の有力者に頼まれると、喜んで、講演を引き受けるようになった。

それを、彼の知人は、「政界に進出するつもり」と、見た。

この年、母の聖子は、亡くなったのだが、生きているとき、めったに金沢に帰らなかったのに、母が亡くなってから、しばしば、帰るようになったのは、石川県知事の椅子を狙っているのではないかとか、母の実家は、金沢の名家なので、その資産と権威を、政界に進出するとき、利用しようと思っているのではないかと、勘ぐる人もいた。

西方が、金沢や、他の古都を撮りまくった写真集を出したのも、この頃である。

亡くなった母方の実家を調べた三田村と、北条早苗が、一つの報告を、十津川にした。

「近藤《こんどう》というのが、彼の母親の実家の姓です。先祖は、加賀百万石の城主に仕えた家老だったといわれます。今も、近藤家は、金沢で、五本の指に入る旧家で、資産家です」

と、三田村が、いった。

「現在、何の仕事をしているんだ」

「当主の、近藤武彦《たけひこ》は、六十歳で、近藤運輸の社長であり、同時に、市議会の議長でした」

「でしたというのは、亡くなったのか?」

「去年の十月一日に、亡くなっています」

と、三田村は、いった。

「病気か？」

「いいえ、事故死といわれています」

「いわれているというのは、おかしないい方だな」

「金沢の警察の話では、十月一日の夜、近藤武彦は、泥酔して、犀川のほとりを歩いていて、川に落ちて、溺死したというのです」

「それなら、完全な事故死だろう」

「結果的に、事故死として処理されているんですが、一年たった今でも、この結論に、首をかしげる捜査関係者がいるといいます」

と、早苗が、いった。

「理由は？」

「近藤武彦という人は、酒に強く、酔って乱れるのを見たことがないと、いわれているからだというのです。そんな近藤武彦が、泥酔して、犀川に落ちて、溺死するというのは、おかしいというのです」

「他には？」

「この日、犀川は、水量が少く、流れもゆるやかで、落ちて溺死するだろうかという疑問もあるそうです」

「しかし、溺死は、溺死なんだろう?」

「司法解剖の結果は、肺に、多量の犀川の水が入っていることがわかり、それに、アルコールも検出されたので、結局、酔って、犀川に落ちて、溺死したということになったんです」

「その日の近藤武彦の行動は、わかっているのかね?」

「それも、金沢の警察に聞きました。十月一日の午後六時頃、近藤武彦は、金沢の取引先の人間と夕食をとり、そのあと、にし茶屋街で、芸者を呼んで、飲んでいます。午後十時頃、お開きになり、近藤は、別れて一人で歩き去りました。そして、翌朝、近くの犀川で死んでいるのが、発見されました。死亡したのは、十月一日の午後十一時前後といわれています」

「溺死に見せかけた殺人の可能性もあるわけだな?」

「そうです」

「殺人として、金沢の警察は、誰を疑ったんだ?」

十津川が、きいた。

「それが、話してくれないのですよ。事故死の結論が出たためと、思いますが」

と、三田村は、いった。

「これは、金沢に行く必要がありますね」

亀井が、十津川に向って、いった。

翌日、十津川と、亀井は、金沢に向った。

金沢では、二人は、県警本部に直行し、去年十月一日のこの事件を担当して、調べた栗《くり》田《た》という警部に会った。

栗田は、いささか、迷惑そうだった。終ったことになっている事件を、本庁の人間に、むし返されるのは、抵抗があるのだろう。

「この件は、すでに、事故死という結論が出ています」

と、いきなり、いったのは、そんな気持の表われに違いなかった。

「よくわかっていますが、実は、東京で起きた殺人事件と、関係があるかも知れないと、疑いが持たれているので、こうして、伺ったんです」

十津川は、四谷で起きた射殺事件を説明した。

「その事件が、近藤武彦の事故死と、関係があるといわれるんですか?」

「そうです」

「何故です？」

「私にも、正直にいって、わからないのです。近藤武彦の死は、一時、殺人の可能性があるということになったそうですね」

「あらゆる可能性を考えるのが、われわれの仕事ですからね」

と、栗田は、いった。

「その時に、マークされた容疑者の名前を、教えて頂けませんか」

と、十津川は、いった。

「しかし、今は、もう容疑者じゃありませんからねえ」

「それも、よくわかっています。絶対に、内密にしておきます」

と、十津川は、いった。

それで、栗田は、やっと、その時の容疑者のリストを、見せてくれた。

全部で八人。

近藤武彦の実弟を始め、妻の恵子《けいこ》、商売仇の会社の社長。

近藤が、関係した女で、今は、彼が捨てたクラブのママ。

そんな名前が並び、最後の八人目に、十津川の探していた名前があった。

西方広太郎

である。

「この西方広太郎というのは、彼の母親が、近藤家の人間だったという関係ですね」

「そうです。死んだ近藤武彦の叔母が、西方広太郎の母親に当ります」

「なぜ、この西方が、容疑者にあげられたんですか？」

と、十津川は、きいた。

第四章　動機とアリバイ

1

「西方は、K大の助教授になり、テレビなどのメディアの力を得て、有名にもなっていたわけでしょう。そんな、恵まれた西方が、どうして、殺人事件の容疑者になったんですか？　動機は、何だったんですか？」

十津川が、首をひねって、きいた。

「学校です」

と、栗田は、いった。

「学校？　西方は、K大の助教授でしょう？」

「そうですが、彼は、教授になりたがっていたんです。今もでしょうがね」

「教授になるのは、難しいんですか？」

「私が調べたところでは、彼が、K大の教授になるのは、かなり難しいみたいです」

「理由は?」

「今の学長が、西方のような、メディアにやたらに出ている人間を、嫌いらしいのです。それに、K大にも、派閥がありましてね。西方は、現在K大で主流の学長派から、離れているので、教授になる芽が少いわけです」

と、栗田は、いった。

「それなのに、学校というのは、どういうことなんですか?」

「西方は、K大で教授の椅子が、難しいのなら、他の大学で、学長になりたいと、思うように、なっていたんです」

「しかし、そんなに簡単に、学長になれるものじゃないでしょう」

と、十津川は、いった。

「そうなんですが、近藤家というのは、金沢の旧家で、資産家です」

「それは、よく知っています」

「三代前の近藤家の当主は、教育熱心でしてね。金沢に、大学を創立したんです。それが、今の金沢S大です。そして、去年の時点で、亡くなられた近藤武彦さんが、この大学の学長をやっていたんです。市議会の議長と兼職でね」

「それで、西方は、金沢S大の学長をやりたいと、近藤武彦に、頼んだということですか?」

「S大の関係者、何人かの証言です」

「それを、近藤武彦は、拒否したんですか?」

「彼は、市議会議長を辞めて、S大の学長の仕事に、専念したいといっていたそうですからね。西方の希望を入れる気にはなれなかったんでしょう」

「西方は、政界進出も考えていたと聞いているんですが」

「ええ。金沢S大の学長が駄目なら、金沢を足場にして、政界への進出を考えていたのは、確かです。しかし、そのためには、近藤武彦の力を借りる必要があるわけですよ」

と、栗田は、いった。

「近藤武彦は、それにも、反対だった?」

「そのようです。学長にしてくれといい、それを断わると、それでは、政界進出に、力を貸してくれという。その変り身の早さに、腹を立てたんじゃありませんかね。それに、西方は、金沢を捨てた人間と、近藤は、見ていたようです」

「それで、西方は、腹を立てて、近藤武彦を殺したということですか?」

と、十津川は、きいた。

「動機は、十分なんです」

「しかし、それなのに、結局、西方は、容疑が消え、近藤の死は、事故死ということになったんですね」

「そうです。西方は、十月一日の夜のアリバイがありました。他の容疑者七人にもアリバイがあって、結局、事故死で決着したんです」

「西方のアリバイというのは、どういうものだったんですか？」

「十月一日の夜は、東京の友人宅で、夜半まで、飲んでいたというのです」

「その友人というのは、信用できるのですか？」

「同じ、K大の助教授と、その奥さんです。学生の評判もよく、嘘をつくような人間ではないということで、われわれとしては、西方のアリバイを、認めたわけです」

と、栗田は、いった。

「その友人の名前を、教えて頂けませんか」

「原和也《はらかずや》と、奥さんの原みゆきです」

と、栗田は、いった。

十津川は、翌日、帰京すると、亀井と二人で、この原夫妻に、会いに出かけた。

原夫妻は、渋谷《しぶや》区内のマンションに住んでいた。

原は、K大で、西方の友人ということだったが、五十一歳の西方に比べて、四十二歳と、若かった。

妻のみゆきは、三十代である。

十津川と、亀井が、訪れた時は、みゆき一人で、三十分ほどして、原が、帰宅した。

原は、自分の留守に、刑事が、二人来ていたことに、びっくりした顔になった。

「実は、あなたの友人の西方広太郎さんのことで、いろいろと、お伺いしたいと、思いましてね」

十津川が、いうと、原は、手を振って、

「友人なんて、とんでもない。ボクなんかは、西方さんに比べたら、はるかに、後輩ですよ」

と、謙遜した。

「しかし、同じK大の助教授同士でしょう」

「ボクは、やっと、助教授になったばかりです」

「それでも、西方さんの方は、あなたのことを、友人と、いっているらしいじゃありませんか」

「西方さんが、そういって下さっているだけですよ」

また、原は、謙遜した。

「西方さんとは、よく一緒に飲んだりなさるんですか？」

「ええ。時々はね」

「ここへ、遊びに来ることがあるとか、聞いたんですが」

「ありましたがね」

「単刀直入に伺いますが、去年の十月一日の夜も、西方さんは、ここに、遊びに来られたみたいですね」

「え？」

「あなた。金沢の一件」

と、妻のみゆきが、夫に、いった。

原は、大きく肯いて、

「ああ、あのことですか。確かに、向うの警察に聞かれましたが、十月一日には、西方さんが、遊びに来られて、夜半近くまで、おられましたよ。帰られたのは、午前〇時近くでした」

と、いった。

「奥さんも、一緒に、西方さんと飲んだように、いわれてますが」

「家内も、嫌いじゃありませんからね」

と、原は、いった。

「なぜ、金沢の警察が、調べていたんですか？」

十津川は、とぼけて、きいた。

「あの時の話では、西方さんの従兄に当る方が、不審死をされて、西方さんも、調べられていると、聞きましたが」

「つまり、それが、十月一日夜のアリバイというわけですね」

「そうですが、その件は、もう解決したと聞きましたが」

と、原は、いった。

2

「石川県警から、そういう通知が、あったんですか？」

「そうですよ。確か、栗田という警部さんから、連絡が、ありましたね。あれは、殺人事件ではなく、事故とわかったとですよ」

「実は、まだ、はっきりとしないのです」

と、十津川は、いった。

「はっきりしないって、どういうことなんですか？」

「殺人の可能性も、まだ、あるということです。つまり、あなた方ご夫妻の証言がなければ、今でも、西方さんは、疑われているということなんです」

「わかりませんね。事故と決ったといわれたのは、去年の暮ですよ。その後、一度も、見方が変ったという連絡は、頂いていませんが」

と、原は、首をかしげた。

「正直にいいましょう」

と、十津川は、口調を改めて、

「実は、十月一日ですが、西方さんは、他の事件の容疑者になっていましてね」

「本当なんですか？」

原は、半信半疑の眼で、十津川を見た。

「それで、こうして、われわれも、十月一日のことを、聞きに伺っているんです」

「それなら、問題ありませんよ。とにかく、去年の十月一日の夜は、西方さんは、うちへ来られて、午前〇時近くまで、飲んでおられたんですから」

と、原は、いった。

「何時頃、西方さんは、来られたんですか？」

亀井が、きいた。

「あの日の夕方、西方さんと一緒に、新宿で夕食をとって、うちへお連れしたんですよ」

「飲むのが、目的で？」

「まあ、そうですね。飲みたいといわれるので、それなら、うちへ来ませんかと、誘ったんです」

と、原は、いった。

「あなたの方から、誘われたんですか？」

「そうですよ。ナポレオンも、手に入っていましたのでね」

「お二人が、ここへ着かれたのは、十月一日の何時頃ですか？」

「午後八時頃だったと思いますよ」

「どんな話を、その夜は、されたか覚えていますか？」

「はっきりとは、覚えていませんが、例によって、学校への不満とか、同僚の噂話とかだったと思いますよ」

「学校の悪口とか、同僚の悪口もいわれるんですか？」

十津川が、きくと、原は、笑って、

「私だって、同僚の悪口や、学校の悪口も、いいますよ」

「それだけですか？」

「政治の悪口も、いい合いましたよ。話題は、そんなことになってしまうんです。それに、ガーデニングの話もです」

「ガーデニングですか？」

「今はやりだし、家内は、狭いベランダで、結構、ガーデニングを楽しんでいますのでね」

「西方先生は、いろんなことに、お詳しいんです。ガーデニングにも」

と、みゆきは、いった。

「どのくらい、三人で、その夜、飲まれたんですか？」

「ナポレオン一本と、あと日本酒も飲みましたよ。そうだ。最初は、ビールでしたがね」

と、原は、いった。

「みなさん、かなり飲まれるみたいですね」

「そうですね。西方さんも、嫌いな方じゃありませんからね」

「西方さんを、どう思います？」

十津川が、急に、話題をかえた。

「才能あふれる方ですよ」

と、原は、いった。

「いろんな方面で、活躍しているからですか？」

「そうですよ。本当に、羨ましいと、思いますよ」

「西方さんの奥さんは、長いこと、入院していることは、ご存知ですね？」

「ええ。もちろん」

と、原が、肯く。

「確か、心臓病でしたね？」

「そうです。慢性の心臓病です」

「それで、西方さんは、つい、他の女性と、親しくなったということなんでしょうね」

十津川は、さりげなく、いった。

原は、警戒する眼になって、

「ボクは、西方さんのプライバシィは、よく知らないんですよ」

と、いう。

「いいんですよ。われわれに、西方さん自身、正直に話してくれているんです。モデルの小川明子さんのことも、正直に、つき合っていると、話してくれました。女性と親しくなるのは、別に、犯罪じゃありませんからね」

と、十津川は、いった。

その言葉で、原は、ほっとした顔になり、

「小川さんのことは、西方さんは、話していたんですか」

「そうですよ」

「そうですか。ほっとしましたよ。あなたのいう通り、若い女性と親しくなるのは、別に、悪いことじゃありませんからね」

原は、ニッコリした。

「西方さんは、野心家だという人もいますが、あなたは、どう思います?」

と、十津川は、きいた。

「いい意味で、野心家ですよ」

「去年の十月頃、西方さんが、金沢の大学の学長の椅子を狙っていたことは、ご存知ですか?」

「学長ですか?」

「そうです」

「まあ、教職者としての最高の目的は、学長ですからね。ボクだって、末は、K大の学長になりたいと思いますよ」

と、原は、いった。

「西方さんが、政界進出を考えていることは知っていますか？」

「今もいったように、西方さんは、いい意味で、野心家だし、日本の政治に対する発言も多い人だから、政界進出を考えていても、不思議はないと、思いますよ」

と、原は、いった。

「西方さんが、金沢の出身だということは、もちろん、ご存知ですね?」

「ええ。よく、伺っています」

「最近、西方さんが、金沢へ行ったという話を聞いていますか?」

「いや。最近、行かれてないんじゃありませんか。そういえば、最近は、西方さん、金沢の話を、あまり、なさらないなあ」

と、原は、いった。

「さっき、小川明子さんのことをいいましたが、彼女が、先日、多摩川で、死体で浮んでいたことは、ご存知ですね?」

十津川が、いうと、原は、小さく溜息をついて、

「ええ。知っています」

「そのことで、西方さんと、話したことは、ありますか？」

「いや。そんなこと、西方さんに話せませんよ。西方さんの方も、もちろん、一言も、話しませんしね」

と、原は、いった。

十津川と、亀井は、夫妻に礼をいって、マンションを出た。

「小川明子のことは、収穫でしたね」

と、帰りのパトカーの中で、亀井が、微笑した。

「そうだな。西方と、小川明子が、関係があったことが、これで、証明されたからね」

「それにしても、あの原夫妻は、なぜ、去年十月一日の西方のアリバイを、証言したんでしょうか？」

「実際に、その日の夜、西方が、あのマンションにやってきて、午前〇時近くまで、原夫妻と一緒に飲んでいたのか、さもなければ、原夫妻が、何か理由があって、西方のために、ニセのアリバイ証言をしたかのどちらかだよ」

と、十津川は、いった。

「私は、去年十月一日について、あの夫婦が、嘘のアリバイを証言したと思いたいんですが、あの夫妻が、そんな嘘をつくようには、思えないんですよ」

「さまざまな理由があるのかも知れないな。それを、これから、調べてみよう」

と、十津川は、いった。

「それは、原夫妻が、西方に対して、何か、借りがあって、そのため、心ならずも、嘘のアリバイ証言をしたということですか」

「その借りがあるかどうか、調べるのさ」

と、十津川は、いった。

捜査本部に戻ると、十津川は、刑事たちを集めて、いった。

「今回の一連の事件の根は、去年十月一日の夜、金沢で起きた近藤武彦の死にあると、思わざるを得ない。この事件が、解明されれば、全ての事件が、解決する筈だ。そのために、原夫妻と、西方広太郎の関係を、徹底的に、調べて貰いたい。ただ、妙な先入観だけは、絶対に持たないで、欲しい」

3

原和也と、みゆき夫妻についての聞き込みが開始された。

K大の助教授といえば、四十二歳なら、若手といっても、いいだろう。

悪い噂は、なかなか、聞けなかった。

同期生の何人かは、原と同じ世界にいた。私大の助教授一人、講師三人、経済評論家一人である。

刑事たちは、この五人に、原のことを聞いてみた。

S大の助教授をしている永井《ながい》は、こういった。

「ボクと、原のことを、ライバルという人もいますが、当っていませんよ。彼の方が、はるかに頭もいいし、勉強もしています。謙遜じゃありません」

「と、すると、原さんは、将来、K大の教授ということですか?」

「順当に行けば、そうなるでしょうね」

「じゃあ、原さんの前途は、洋々たるものですね」

「そう思いますよ。羨ましい限りです」

と、永井は、いった。

三人の講師のうちの二人の言葉も、似たようなものだった。

「彼は、ボクたちのなかのホープですよ。一番先に、教授になるのは、間違いなく、彼だと思っています」

「彼が、助教授になれたのは、幸運だったという人もいるけど、実力がなければ、推薦はされませんよ」

と、二人は、いった。

ただ、女性講師の深沢道子《ふかさわみちこ》の答は、ちょっと違っていた。

「確かに、彼は、実力もあるし、運をつかむ力もあると思いますよ。でも、あの奥さんに、問題ありだと思っています」

と、道子は、いうのだ。

「みゆきさんのことですか？」

と、西本刑事は、きいた。

「ええ。そうですよ」

「何処が問題なんでしょう？　いい奥さんだと思いますが」

「美人だから？」

と、道子は、笑ってから、

「彼女は、町工場の経営者の父親と、平凡な母親の間に生れました。その父親は、去年、八千万円の借金を作って、倒産してしまったんです」

「そのことと、みゆきさんの人柄とは、関係ないでしょう？　いい奥さんなら、問題はないんじゃありませんか？」

西本が、きいた。

「事は、そう簡単じゃありませんわ。助教授から、教授になるには、ある程度の資金が、必要なんです。原さんの場合には、それが無くて、困っているんじゃありませんか」

と、道子は、いった。

「なぜ、資金が、必要なんですか？」

「助教授として、余裕がないと、教授になるのに必要な勉強が出来ませんしね。アメリカやヨーロッパに勉強に行くにも、お金が要るでしょう。原さんは、奥さんの実家の資産を、多分、当てにしていたと思いますけど、それが、倒産で、逆に、手カセ、足カセになってしまったんじゃないかしら。助教授になってから、必死になって、アルバイトの仕事を探していたという噂を聞いているんです」

「助教授のアルバイトって、どんな仕事ですか？」

「本を出すとか、テレビに出演するとかですわ。テレビで、レギュラー番組を持てれば、一番いいし、ベストセラー本を出せれば、更にいいわけですよ」

「しかし、そんなに簡単に、テレビにレギュラーで出たり、ベストセラー本を出せるとは、思えませんがね」

「そうなんですよ。どちらの世界にも、縄張りみたいなものがあるし、がっちりと、テレビの世界に食い込んでいる先輩の助教授や教授は、なかなか、新しい人たちを入れようとしないし、本の場合も、大手出版社は、たいてい、何人かは、売れる学者を抱えていて、新人が入っていくのは難しいんです」

「あなたでも難しいですか？」

西本がいうと、道子は、笑って、

「私なんか、ぜんぜん駄目。コネを使って、本を出したいと、ある出版社へ行ったんですけど、相手に、されなくて」

「原さんは、どうなんですか？」

「原さんも、この世界では、新人なんですけど、ここに来て、たて続けにテレビに出ているし、U出版から、何冊か本を出しているんです」

「誰か有力者の推薦があったということですかね？」

「ええ。他には、考えられませんわね」

「それは、例えば、西方広太郎さんみたいなですか？」

と、西本は、いった。

「そうですね。西方さんなら、テレビを含めたマスコミの売れっ子だから」

道子は、肯いた。

経済評論家の小山《こやま》に会った三田村は、同じような話を聞いていた。

「友人の原の最近の活躍は、ボクには、脅威ですよ。U出版から、ボクは、何冊も本を出しているんですが、ここへ来て、彼の本が、立て続けに出ていますからね。中央テレビのレギュラー出演の方は、ボクとぶつかるわけじゃないんだけど、びっくりしていますよ」

と、小山は、いった。

「西方広太郎さんの引きということは、考えられませんか？」

三田村が、きくと、小山は、肯いて、

「西方さんは、テレビ界でも、出版界でも、以前から、活躍していて、ボス的存在ですからね。西方さんに、可愛がられれば、テレビでも、出版の方でも、ずいぶん、有利になれると、思いますよ」

と、いった。

日下刑事は、U出版に出向いて、出版部長に会った。

「最近、原和也さんのビジネス本を、よく出されていますが、その理由を聞かせてくれませんか」

と、日下は、きいた。

「あれは、西方さんの推薦でしてね。うちとしては、ちょっと、冒険だったんですが、意外に、売れたんで、ほっとしているんですよ」

出版部長は、微笑した。

「西方さんは、なぜ、原さんを、推薦したんですかね?」

「それも、驚いたことなんですよ。西方さんというのは、他人《ひと》を推薦したりしない方でしたからね」

「初めて西方さんが、原さんを推薦したのは、いつ頃のことですか?」

「確か、去年の十月の初めだったと、覚えていますよ。そして、十二月に、原和也さんの最初の本が出たんです」

と、出版部長は、いった。

4

北条早苗刑事は、中央テレビに、行った。

このテレビ局で、毎週日曜日の午前十時からやっている『これからの日本経済を占う』という番組に、今年から、原和也が、レギュラー出演していたからである。

しかも、去年まで、西方広太郎が、レギュラー出演していたのだ。

番組プロデューサーの三沢《みさわ》に、会って、早苗は、その間の事情を聞いた。

「ボクも、意外だったんですよ。突然、西方先生が、都合で、番組をおりたい。代りに、ボクの後輩の原助教授を推薦するといわれましてね」

と、三沢は、いった。

「それは、いつのことですか？」

「去年の十月の初めでしたね」

「それで、今年から、西方さんの代りに、原さんが、レギュラー出演することになったんですか？」

「最初は、不安でしたがね。本人に会ってみたら、テレビ映りのいい顔をしているし、頭も切れるんで、とにかくやってみようということになったんですよ。番組の視聴率も、西方先生の時と変らないので、ほっとしています」

「西方さんが、急に、交代を申し出たのは、なぜなんですか？」

「西方先生は、中世インドの政治経済情勢の研究をすることになって、時間が取れなくなったと、おっしゃってましたね」

と、三沢は、いった。

原の妻・みゆきの友だちにも、刑事たちは、会って、話を聞いた。

みゆきは、東京の短大を出たあと、法律事務所で、働いていて、その頃、原と知り合い、結婚している。

その短大時代の友だち二人と、みゆきの行きつけの美容院のママに、田中刑事が、会った。

まず、短大の友だち二人には、新宿の喫茶店に来て貰って、同時に話を聞いた。

二人とも、結婚していて、今でも、原みゆきとは、交際しているといった。

「お父さんの会社が、上手くいっていた頃は、みゆきさんは、お金持のお嬢さんで、フランス製のスポーツカーを乗り回していたりしていたんです。でも、原さんと、結婚した頃から、だんだん、お父さんの会社が、上手くいかなくなってしまって」

と、一人が、いう。

「会社が倒産してから、みゆきさんは、主人に申しわけないって、いってたんですよ」

と、もう一人が、いった。

「それは、お父さんが作った負債のことですね」

「ええ。それで、ご主人が、最近、アルバイトを始めるようになったんじゃないかしら。もともと、才能のあるご主人だから、テレビ出演も、評判がいいみたいですよ」

「みゆきさん自身は、専業主婦なんですか？」

「最初は、そのつもりだったみたいだけど、ご主人が、テレビに出るようになって、有名になると、みゆきさんにも、助教授夫人としての出演依頼がきて、最近では、嬉々としているみたい」

と、一人の女友だちは、羨ましそうな顔をした。

みゆきが、よく行くという美容院のママは、女友だちの言葉を裏付けた。

ママは、いう。

「お父さんの会社が、倒産した頃は、本当に、元気がなかったですよ。何よりも、ご主人に、申しわけないって、いってましたね。それが、去年の暮あたりから、ご主人が、テレビに出るようになってから、みゆきさんも、明るくなって。ご主人が、有名になったことを、とても、喜んでいますよ。みゆきさん自身も、助教授夫人として、テレビに出るようになったら、一段ときれいになって」

「なるほど。この美容院に来る回数も増えたんじゃありませんか？」

と、田中が、きくと、

「ええ。前は、一ヶ月に一回くらいでしたけど、今は、一週間に一回ですね。それに、最近は、新宿のエステにも行っているみたいですよ」

と、ママは、いった。

刑事たちの報告は、十津川を、勇気づけた。

一つの状況証拠が、生れたと思ったからである。

そのことを、十津川は、三上《みかみ》刑事部長に、報告した。

「原和也夫妻が、西方広太郎のために、偽証したとして、その理由が、推定できました。妻のみゆきの実家が、倒産し、八千万円の負債を抱えてしまい、原夫妻も、経済的に苦しくなっていたのです。その原和也に、先輩で、マスコミでも活躍していた西方が、テレビへの出演や、出版社を、紹介したのです。特にテレビでは、西方が、レギュラー出演していた中央テレビに、自分が身を引き、代りに、原を推薦して、出演させました。また、U出版から、原の本が出るように、推薦しています。西方のおかげで、落ち込んでいた原夫妻は、元気を取り戻したといわれています」

「つまり、西方は、原夫妻に恩を売って、去年十月一日のアリバイを証言させたということかね？」

三上が、いった。

「その可能性が、大きくなりました。大学の助教授夫妻の証言ですから、重みがあります」

「石川県警が、信じたとしても、不思議はないか」

「そう思います」

「君の考えでは、そのアリバイを、酒井千沙の写真が、ぶちこわすことになった。そういうことだろう？」

「もちろん、酒井千沙は、意識して、アリバイ崩しの写真を撮ったとは思えません。彼女は、ひたすら、自分の生れ育った金沢の町を、カメラにおさめていたんだと思います。そして、そのネガを、東京の小倉編集部長に送った。写真集の出版話があったからです。小倉は、仲のいい、モデルの小川明子に、そのネガを見せたんだと思います。着物美人で、古都金沢が、大好きな明子が、喜ぶと思ったからでしょう」

「ネガを見た小川明子は、その写真の中に、恋人の西方を見つけて、びっくりしたんだな」

と、三上が、いった。

「びっくりしたと、いうより、嬉しかったんだと思います。何気なく見せて貰った金沢の写真の中に、恋人が、写っていたんですから。だから、彼女は、嬉しくなって、西方に、話したんだと思います。あなたが、写っていたわよっといってです」

と、十津川は、いった。

「ところが、西方にとって、その写真は致命傷になるものだったということだな？」

「十月一日のアリバイを、粉微塵にしてしまう写真だったからです。だから、西方は、何としてでも、その写真は、消してしまわなければならなかったんです。ネガの中から、その一枚だけを焼き捨てるのは難しいし、第一、かえって、疑われてしまいます。そこで、西方は、全部のネガを奪い取ることを考えたんだと思います」

「金で、殺しのプロを、傭って、小倉編集部長を射殺させた。なぜ、そんなことをしたんだろう?」

「金沢で、従兄の資産家・近藤武彦を、かっとして、怒りにまかせて、自分で、殺してしまったが、もともと、西方は、インテリで、自分で、手を下して、殺人をするようなタイプじゃないんだと思います。だから、プロを金で傭って、小倉を殺させ、問題のネガを奪い取ったんだと考えます」

「金沢で、酒井千沙の姉由美が死んだのも、西方が、同じ手を使ったと思うかね?」

「トラック運転手に、大金を与え、交通事故に見せかけて、酒井由美を殺したんです。その目的は、彼女がやっていた喫茶店に、かかっていた十六枚の写真を、奪うためだったことは、明らかです。これも、私の推測ですが、小倉を殺して、ネガを奪ったあと、西方は、千沙に姉がいて、金沢で、喫茶店をやっていることを、知ったんだと思います。もし、その姉が、妹のネガから、写真を引き伸し、店に飾っていたら、大変なことになる。

その不安で、西方は、ひそかに、金沢に行き、店をのぞいたんだと思います。ところが、彼の不安は適中して、問題の写真が、パネルになって、店に飾られていたんです。酒井由美が、そのことに気付く前に、彼女を殺して、写真パネルを奪わなければならないと、決めたんです」

と、十津川は、いった。

「最後は、小川明子殺しか」

「そうです。彼女が、問題のネガを見たことを、西方に話したとしたら、西方は、危険に、さらされてしまいます。だから、小川明子の口封じが、必要になったんだと思います」

「殺しの現場は何処だ？」

「西方の別荘が、伊豆の伊東《いとう》にあることが、わかりました。ヨーロッパから帰国した小川明子は、西方に会うために、成田空港から、その別荘に直行したんだと思います」

「ルンルン気分で、別荘に行ったんだろうな。可哀そうに」

「本当です」

「ところで、西本刑事は、どうしている？」

「一時、帰京して、東京での捜査に加わっていましたが、金沢に、戻しました。酒井千沙のことを、心配していますから」

と、十津川は、いった。

5

十津川と、亀井は、伊豆の伊東に出かけた。西方の別荘を、見るためだった。国道135号線から、山側に入ったところに、問題の別荘が、あった。

大学の助教授で、評論家の別荘といえば、超近代的な建物か、そうでなければ、逆に、古風な、建物を予想して来たのだが、眼の前にあったのは、やけに明るい、白亜の城みたいな建物だった。

「軽い感じだな」

と、十津川が、いうと、亀井が、

「女性は、喜びそうですよ」

と、笑った。

小川明子も、この城の中に、白馬の騎士が住んでると信じていて、成田から、飛んで来たのだろうか。

主人《あるじ》の西方は留守だったが、別荘の車庫には、ここだけで、使っていると思われる国産の四輪駆動車が、とめてあった。

「西方が、この別荘の中で、小川明子を殺したとすると、あの車で、彼女の死体を、多摩川まで運んで、捨てたんでしょうね」

亀井が、いう。

「そうだろうね」

「何とか、あの車を調べたいですね」

「今の段階では、令状は出ないな。西方には、状況証拠しかないんだから」

と、十津川は、いった。

その代りに、二人は、別荘周辺の聞き込みを始めた。

それでわかったのは、事件が、起きるまで、西方が、この別荘を、別に秘密にしてなかったことである。

それは、当然かも知れない。金沢で、去年の十月一日に、近藤武彦殺害に関係するまで、目立ちたがり屋の西方にとって、伊東の別荘は、自慢の一つだったに違いないのだ。

「よく、お見えになっていましたよ」

と、近くの商店街の酒屋の主人は、いった。

「最近は、お見えになっていませんが」

この店では、高価なウイスキーや、シャンパンを、よく買っていたという。

しかし、小川明子を、ここで殺すことを考えてからは、用意する酒なども、多分、都心のデパートなどで買い、自分のベンツで運び込んだのだろう。

十一月六日に、小川明子は、帰国し、その足で、この別荘へ飛んで来た。西方が、呼んだのだ。

六日から七日にかけて、西方は、自分の持ち込んだ酒などで、明子をもてなし、それこそ、白馬の騎士らしく、振る舞ったに違いない。

明子が、自分のことを、誰かに話してないか、伊東の別荘に来ることを、誰かに、いってないか、確認するためだろう。

その結果、明子が、西方のことを内密にしていること、別荘に来ることも話してないのを、確認してから、七日の朝、明子を殺したに違いない。

伊東の派出所の警官にも、十津川たちは、西方のことを聞いた。

「最近は、お忙しいと見えて、お見かけしませんが、よく、別荘へ来ていらっしゃいますよ。気さくな方で、その度に、あいさつに寄られましてね。安心して別荘を使えるのは、皆さんのおかげだと、おっしゃいました。最近は、お顔を見ないんです」

と、警官は、いう。

だが、西方は、来ていたのだ。

「十一月六日から八日にかけて、西方が、別荘に来ているのに、気がつかなかったかね？」

と、十津川は、倉田《くらた》という巡査部長に、きいてみた。

「いらっしゃってたんですか？　気がつきませんでした。今、申し上げたように、必ず、派出所へ、顔を見せる方なので」

「毎日、必ず、別荘地区へ、見回りに行かないのかね？」

亀井が、きいた。

「最近は、海岸の方で、いろいろと、事件が、起きるので、別荘地区へ手が、回らないのです。もちろん、別荘の持主からの要請があれば、警邏に回りますが」

と、倉田巡査部長は、いった。

仕方がないので、二人は、更に、聞き込みを、続けた。

新聞配達や、牛乳配達に、当っているうちに、宅配業者からの証言を得ることが、出来た。

熱海《あたみ》営業所のR運送の若い配達員が、十津川に対して、

「ボクは、十一月五日から、五日続けて、あの地区に、荷物を配達しています」

と、いった。

十津川は、別荘地区の地図を広げ、その中の西方邸を示して、

「この家なんだがね。十一月六日から八日まで、人がいたかどうか、知りたいんだ」

と、いった。

配達員は、しばらく考えていたが、

「この別荘の前は、よく通りますよ。確か、十一月五日から七日にかけて、夕方通ったんですが、明りがついていましたよ。だから、人がいたんだと思います」

と、いった。

十津川は、亀井と、顔を見合せて、

「間違いない？」

「ええ。この別荘は、大学の先生の家でしょう」

「そうだ」

「その先に、S社の寮があって、そこに、夕方三日間、届けものをしたんですよ。十一月五日から七日までね。この先生の別荘の前を、通るんです。どの日も、もう暗くなってましたが、一階にも二階にも、明りがついてましたよ。だから、ああ、先生も、来てるんだなと思ったのを覚えています」

と、配達員は、いった。

「これは、間違いなく、進展ですよ」

亀井が、ニッコリした。

6

その頃、金沢では、西本刑事が、酒井千沙と、話し合っていた。

場所は、千沙の死んだ姉、由美が、やっていた香林坊の喫茶店だった。

千沙が、二人のコーヒーをいれてくれた。

「今回の事件の根は、去年十月一日の夜の、金沢で起きた殺人事件なんだよ」

と、西本は、いい、近藤武彦という六十歳の男の死について話した。

「そんな人に、私も、姉も、関係がないと思うわ」

千沙は、眉をひそめて、いう。

「そうだと思うよ。近藤武彦というのは、金沢の旧家の当主で、資産家だ」

「でも、私は、名前を聞いたこともない。姉は、そんな、知らない人のために、殺されたの？」

千沙の顔が、険しくなる。

「しかし、君は、この事件に、関係があるんだよ」

と、西本は、いった。

「私は、近藤という旧家のことは知ってるけど、そこの人に、会ったことも、話したこともないわ」

「写真に撮ったことは？」

「それもないわ」

と、千沙は、いった。

「去年十月一日夜の殺人だけど、犀川のほとりで、溺死に見せかけて、いるんだ。そして、東京の西方広太郎という大学の助教授が、容疑者だった」

「東京の人が金沢で、殺したの？」

「西方は、近藤武彦の従弟でね。資産家の近藤に、政界への進出に力を借りようとして、十月一日に金沢に来たが、拒否され、かっとなって、殺したと、考えられているんだ」

と、西本は、いった。

「まだ、よく、呑み込めないわ。それが、どう、私たち姉妹に関係してくるのか」

千沙が、当惑する。

「西方には、十月一日のアリバイがあるんだ。この日、東京にいたというアリバイがね」

「それなら、犯人じゃないんでしょう?」

「ボクは、この日、本当は、西方が、金沢にいたと、思っている」

「――」

「ここで、君が、関係してくる。君が、というより、君の撮った写真がだ」

「でも、私は、殺人の現場なんか、撮った覚えはないわ」

「殺人の現場の写真じゃなくてもいいんだ。西方広太郎が、去年の十月一日の夜、金沢にいたことを、証明する写真ならいいんだ」

と、西本は、いった。

「私が小倉さんに送ったネガの中に、そんな写真が、あったというわけ?」

「それは、この喫茶店に飾った十六枚の写真の中にもあったんだと思うんだ。だから、由美さんも、小倉さんも殺されてしまった」

「でも、どんな写真かわからないと――」

「この日の近藤武彦のだいたいの行動は、わかっているんです。夕方、彼は、知人二人と、食事を一緒にとり、そのあと、にし茶屋街で、芸者を呼んで遊んでいます。それが、十時まであってから、お茶屋の外で、二人と別れている。そのあと、犯人と、犀川のほとりへ行き、そこで殺されているんです」

「にし茶屋街ですか」

「にし茶屋街の写真を撮っていますね？」

「ええ。金沢の名所の一つだから」

「この喫茶店にも、その写真をパネルにして、飾ってあったんじゃありませんか？」

と、西本が、きく。

「ええ」

「にし茶屋街のどんな写真だったか覚えていますか？」

「確か、二枚撮ったんです。昼間の閑散とした茶屋街と、夜の華やいだ茶屋街の写真です。ぼんぼりが、灯り、客と、芸者さんが、歩いている光景」

と、千沙は、いった。

「夜の写真の方ですね。それに西方広太郎が、写っていたんだ」

と、西本は、いった。

「どうして、そうわかるんです？」

「東京で殺された小倉編集部長は、あなたが預けたネガを、小川明子というモデルに見せ、その写真集が、出版されることも話したと思われるんです」

「どうして、小倉さんが、その女性に？」

「この小川明子さんというのは、三十代の着物のモデルで、よく、加賀友禅のモデルになっている人です」

西本が、いうと、千沙は、「ああ」と、肯いて、

「その人の名前は知らないけど、加賀友禅の写真を撮ったとき、その人が、来ていたかもしれない」

と、いった。

「それなら、一層、小倉さんが、小川明子に、あなたのネガを見せた可能性は、強くなってくる」

「ええ」

「ところで、小川明子は、今いった西方助教授と、つき合っていたんです。恋人です」

「西方さんは、独身？」

「いや。病身の奥さんがいます。だから、不倫ですが、小川明子は、西方に参っていた節があります。彼女は、小倉さんから、あなたのネガを見せて貰って、その中に、恋人の西方が、写っているのを発見したんです」

「にし茶屋街の夜の写真に？」

「ええ」

「少しわかってきました。小川明子さんは、一大発見をした気になって、恋人の西方さんに、小倉さんから見せて貰ったネガに、あなたが写っていたと、嬉しそうに、報告したんでしょう?」

と、千沙は、いった。

「そうです。彼女としては、西方が、喜ぶだろうと思って知らせたんだと思います。しかし、西方は、ぎょっとしたんです。その写真が、去年十月一日の金沢での殺人事件についての自分のアリバイを、崩してしまうものだと、気がついたからです」

「ええ」

「しかも、その写真集が、近く、出版されることも知らされた。西方は、余計、あわてたんです。それは、自分の命取りになると気付いたからですよ」

「それで、私のネガを奪うために、小倉さんを、殺したんですか?」

「金で、殺し屋を傭ってね」

「その上、私の姉も?」

「そうです。この店の同じ写真を奪うためにね」

「それで、小川明子という人は、どうなったんですか?」

と、千沙が、きいた。

「西方に、殺されました。口封じにです」

と、西本は、いった。

「じゃあ、殺人で、西方という人は、逮捕されるんじゃないんですか？」

「ただ、確証は、まだないんです」

と、西本は、いった。

そのあとで、西本は、急に、深刻な表情になって、

「ここまで、いろいろと、推理を働かせてきたんだけど、一つだけ、問題があるんですよ」

と、いった。

「何なんです？」

千沙も、真顔で、きいた。

「今もいったように、西方広太郎は、あなたが撮った、にし茶屋街の写真に、自分が写っているのを知り、それが、自分の破滅になると思い、写真を奪うために、次々に殺人を計画したんです。それが、事実だと思うんです」

西本は、力を込めて、いった。

「ええ。わかります」

「しかし、その写真が、去年の十月一日に写したものだと証明されなければ、西方の犯行を立証できないんですよ」

と、西本は、いった。

「ええ。そうですね」

「写真を撮るとき、いつも、自動的に、日付が入るように、なっているんですか?」

と、西本は、きいた。

「記録写真を撮る場合は、日付が入るようにするけど、普通は、日付は、入れません」

と、千沙は、いった。

「じゃあ、にし茶屋街の夜景に、西方が、写っていても、アリバイ崩しの役に立たない。ということは、一連の事件の解決の役に立たないということですよ」

西本は、肩を落として、いった。

「その写真が、去年の十月一日の、にし茶屋街の夜景だと証明できれば、いいんでしょう?」

と、千沙が、きいた。

「しかし、日付は、入っていなかったんでしょう?」

「ええ。でも、去年の十月一日に、にし茶屋街で、何か、イベントがあって、それが、写真で、わかればいいんでしょう？」

と、千沙が、いった。

西本の顔が、急に、明るくなった。

「それが、写真に写っていれば、文句はありませんよ」

「私も、十月一日に、特別に、にし茶屋街で、昼と夜に写真を撮ったとすれば、いつも以上に、何か、引きつけるものが、あったから、だと思うの」

「なるほど。それを、思い出して下さい」

と、西本は、いった。

「去年の十月一日に、にし茶屋街で、何か、特別な行事みたいなものがあったかどうか、まず、聞いてみるわ」

と、千沙は、いい、携帯電話を取り出した。

彼女は、市の観光協会にかけ、そのあと、にし茶屋街のお茶屋の一軒に電話したあとで、西本に向って、ニッコリ笑った。

「わかったわ」

と、千沙は、いった。

第五章　攻防

1

「去年の十月一日に、にし茶屋街で、ちょっとしたお祝いがあったの。それを思い出したわ」

と、千沙は、いった。

「どんなお祝い？」

「あの茶屋街に、中川《なかがわ》という歴史のあるお茶屋があるの。そこのおかみさんが、亡くなって、あとを、どうするか、もめたことがあるんです。娘さんが、継げばいいんだけど、その娘さんが、大阪の男性と結婚して、大阪へ行ってしまい、中川は、廃業になるんじゃないかといわれたのよ。何ヶ月か、店が閉っていて、古くからのお得意さんが、心配していたんです。それが、同じ金沢で、小料理屋をやっていた妹さんが、そのお店をやめて、お茶屋中川を継ぐことになって、みんなが、ほっとしたわけ」

「それが、去年の十月一日というわけか？」

「そうなの。十月一日の夜から、お茶屋中川が再開されたというので、中川の前は、華やかに、飾り立てられていた。あの日、私は、昼間、にし茶屋街に、写真を撮りに行って、中川のことを聞いたので、もう一度、夜に撮りに行ったんだわ」

「そうか。その写真に、もし、西方広太郎が、写っていれば、彼のアリバイは、完全に崩れることになるよ。何時頃に、写真を撮ったの？」

と、西本は、きいた。

「はっきりとは、覚えてないけど、夜の九時すぎだったと思う」

と、千沙は、いう。

「問題の近藤武彦が、犀川で、死んでいたのが、十月一日の午後十一時頃というから、ぴったり一致するね。近藤武彦は、この夜、にし茶屋街で、取引先の人間二人と飲んでいる。そのあと、彼は、店の前で別れた。きっと、そのあと、西方と会う約束になっていたんだと思う。西方の方は、君のいうお茶屋中川の前で、待っていたんだろうね」

「それを、何も知らずに、私が、写真に撮ったのね」

「そうだと思う」

「その時は、何も起きていなかったのね。そう考えると、変な気持だわ」

と、千沙は、小さな溜息をついた。

「わかるよ」

「私が、あの夜、にし茶屋街へ行って、写真を撮らなければ、姉も、小倉さんも殺されずに、すんだんだわ。小川明子さんという人も」

千沙は、自分を責めるように、いった。

「悪いのは、犯人の西方広太郎だ。君が、自分を責める必要はない。きっと、西方に、責任を取らせてやるよ」

と、西本は、励ますように、いった。

千沙は、しばらく、黙っていたが、

「でも、肝心の写真が、ネガも一緒に失くなってしまっているわ」

と、いった。

「西方も、君の写真が、命取りになるのを知っていたからこそ、ネガと写真を奪うために、人を傭って、殺人を実行したんだ」

「写真が無ければ、殺された姉たちの仇を討つことは、出来ないわ」

「そこを、何とかするよ」

と、西本は、いった。

「どうやって？」

「写真が無くても、西方に、自供させればいいんだ」

「そんなことが、出来るの？」

「西方は、君の撮った写真を奪い、去年十月一日の殺人のアリバイを守るために、三人もの人間を殺しているんだ。その中の一つでも、彼を追い詰めることが出来れば、他の事件についても、自供させることが、出来る筈だよ」

と、西本は、いった。

「姉を、自動車事故に見せかけて殺したことも、自供させられるかしら？」

「もちろんだよ」

「小倉さんを殺したことも？」

「ああ。出来る筈だ」

と、西本は、いってから、

「今、東京では、小川明子殺しについて、西方広太郎を追い詰めているんだ。この殺しは、西方が、誰にも頼まず、自分で、殺《や》ったと思われているんだ。だから、この殺人で、西方を追い詰めることが、出来れば、あとの事件についても、自供させることは可能だと、ボクは、思っている」

と、いった。

2

十津川たちは、小川明子の殺人についての西方広太郎のアリバイは、崩れたと、信じた。

十津川は、伊東の彼の別荘で、西方が、小川明子を殺したと思っている。

十一月六日に、小川明子は、成田に帰ってきた。そのあと、まっすぐ、恋人の西方の待つ伊東の彼の別荘に直行した。

もちろん、西方が、別荘へ来てくれと、いったからに決っている。

そして、西方は、翌七日の午前九時から十時の間に、明子を絞殺し、多摩川まで運んで、捨てた。

死体が、発見されたのは、八日の朝である。

西方は、ここしばらく、伊東の別荘は、使っていないと、いっていた。

しかし、R運送の若い配達員が、その嘘を崩してくれた。

彼は、十一月五日から七日にかけて、西方の別荘には明りがついていたと、証言したのだ。

十津川と、亀井は、再び、西方を訪ねた。まだ、逮捕令状は、とっていない。

大学の研究室で会った西方は、苦笑しながら、

「警察も、ヒマなんですな。私を、これ以上、追いかけても、無駄骨ですよ」

と、いった。

「今回も、小川明子さんのことで、伺ったんです」

十津川が、いうと、西方は、小さく、肩をすくめて、

「確かに、妻のある私が、彼女と、その仲を疑われるようなことになっていたのは、誠に、申しわけないと、思いますよ。しかし、私は、彼女を殺したりはしていない。天地神明に誓いますよ」

と、いう。

「天地神明とは、ちょっと、大げさですな」

亀井が、笑った。

十津川は、まっすぐに、西方を見つめて、

「われわれは、十一月六日に、帰国した小川明子は、成田から、まっすぐ、あなたの伊東

の別荘に、あなたに会いに行ったと見ているんですよ」

「それは、とんだ見当違いですよ。私は、十一月に入って、いや、十月下旬から、伊東の別荘には、全く行っていないのですよ」

と、西方は、いった。

「R運送というのを、ご存知ですか?」

十津川が、きくと、西方は、戸惑いの眼になって、

「何ですか? それは?」

「全国的に、活躍している運送会社です」

「そんなことは、知っていますよ」

西方は、怒ったように、いった。

「R運送の営業所が、熱海にありましてね。伊東周辺を、配送エリアにしているのです」

「――」

「もちろん、西方さんの別荘のあるあたりにも、R運送は、配達をしています」

「それじゃあ、私の別荘にも、R運送に、配達して貰ったことがあるかも知れないな」

「そこに、佐藤《さとう》という配達員がいます」

「――」

「彼は、十一月五日から七日にかけて、西方さんの別荘の前を通って、他の家に荷物を届けているんです。それも、夕方近くで、二階と一階に明りが、ついていたといっているんです」

「本当に、私の別荘のことを、いっているんですか?」

と、西方は、首をかしげた。

「その配達員は、大学の先生の別荘だと、ちゃんと、知っていました」

と、十津川は、いった。

「ふーん」

と、西方が、鼻を鳴らす。

「十一月六日から七、八日にかけて、伊東の別荘に、いらっしゃったんでしょう?」

十津川が、決めつけるように、いった。

西方は、なぜか、十津川には答えず、腕時計に眼をやって、

「丁度いい時間ですね」

「何のことです?」

「今から、伊東へ行きましょう。私の無実を証明したい」

と、西方は、いった。

「どうやって？」

「それは、行けば、わかりますよ」

と、西方は、いやに落ち着いていった。

十津川と、亀井は、西方を、パトカーに乗せて、伊豆に向った。

パトカーは、東名を走り、熱海から、国道135号線に入り、伊東に向う。

その間、十津川は、西方を観察していたが、彼は、窓の外の景色を眺めていた。

伊東の西方の別荘には、明るいうちに着いた。

西方は、別荘の前で、パトカーを、とめさせた。

「少し待ちましょう」

と、西方は、いう。

「何を待つんだ？」

亀井が、腹立たしげに、いう。

「すぐ、わかりますよ」

と、西方は、いった。

陽が落ちて、周囲が、暗くなってくると、眼の前の、西方の別荘の二階に、まず、明りがついた。

そして、間を置いて、二階も、明るくなった。

十津川の顔色が、変った。

西方は、勝ち誇ったように、

「今は、便利な機器がありましてね。一万円足らずで、自在に、家の中の電灯を、つけたり、消したり出来るんですよ。私の別荘に、半年前に、空巣が入りましてね。夜、明りがついていないので、留守だと見て、忍び込んだんですね。それで、あわてて、デパートへ行って、買ったんですよ。なかなか、便利な機器で、家全体の明りを一度に、つけたり消したりも出来るし、一部屋だけの電灯を、コントロールすることも出来るんです。警察の方なら、こんな機器が、市販されていることは、よく、ご存知だと思っていましたがねえ」

と、いう。

十津川が、黙っていると、

「私の別荘は、暗くなると、電灯がつき、明るくなると、消えるように、調整してあるんですよ。R運送の配達員が、電気がついているんで、私が、いると、思ったんでしょう。それとも、家の中を、のぞき込んで、私を、確認したんですかね？」

と、西方は、図にのって、きいてくる。

「いつから、この装置をつけているんです？」

と、十津川は、きいた。

「今、半年前に空巣に入られたといったでしょう。それから、ずっと、つけていますよ。安いものなので、あまり期待していなかったんですが、R運送の配達員を欺《だま》し、警視庁の刑事さんまで欺したんだから、大したものだ」

西方は、嬉しそうに、いった。

十津川と、亀井は、黙って歯がみをするよりなかった。

「さて――」

と、西方は、笑い、

「ここまで来たんで、私は、別荘で、一日過ごしますが、ご一緒にどうですか？　露天風呂がついているんです。いい酒もあるしね」

「勝手にして下さい」

と、十津川は、いった。

西方は、パトカーからおりると、別荘に向って、歩いて行った。

彼が、家の中に消えると、急に、テレビの音が大きくなって、聞こえてきた。

それは、まるで、勝利の音のように聞こえた。

十津川たちは、すぐ、パトカーを、発進させた。

「参ったな」

と、十津川は、呟いた。

「R運送の配達員の証言で、簡単に喜び過ぎたのが、間違いでしたね。明りの点滅をコントロールする機器があるのを忘れてました」

亀井が、運転しながら、いった。

「私の家内が、先日、同じものを、通販で買ってるんだ。それを、すっかり忘れていた」

「西方は、十一月六日から八日にかけて、あの別荘にいたことは、間違いありませんよ」

と、亀井は、いった。

「そうさ。家の電気は、どんな方法でつけたにしろ、カメさんのいう通り、あの男は、小川明子と、一緒にいたんだ」

十津川も、いった。

「ただ、別荘の玄関は、かたく閉めて、他人《ひと》に見られないようにしていたんだと思います。小川明子も、二人の関係は、秘密にしておきたいから、家に閉じ籠るのに反対はしなかった筈です」

「だから、いくら、明りがついているのを見られても、いい逃れる道はあると、楽観していたんだろう」

と、十津川は、いった。

「今日は、すっかり、西方に、自慢させてしまいましたね」

亀井が、いまいましげに、いったとき、十津川の携帯が鳴った。

金沢にいる西本刑事からだった。

「西方広太郎が、何を恐れていたのか、それがわかりました。去年の十月一日に、夜のにし茶屋街で写した酒井千沙の写真です」

と、西本は、いい、中川というお茶屋のことを話した。

「残念なのは、肝心の写真を、ネガごと、奪われてしまっていることです」

「しかし、どの写真かわかっただけでも進展だよ」

と、十津川は、いった。

「それで、小川明子殺しの件は、どうなりました？」

と、西本が、きいた。

自然に、十津川の顔に、苦笑が、浮ぶ。

「今、西方広太郎にしてやられて、伊東の彼の別荘から帰るところだよ」

と、十津川は、いい、別荘の明りのことを話した。

「警部にしては、珍しいですね」

と、西本が、いう。

「負けることもあるさ。それは、負け惜しみではなく、今日のことで、西方は、嬉しがっている筈だ。それが、彼の油断につながるのを、期待しているんだがね」

と、十津川は、いった。

「私の方は、今夜、彼女と一緒に、にし茶屋街へ行ってくるつもりでいます。十月一日の夜、どんな写真を撮ったか、思い出しながら、再現写真みたいなものを作ってみたいのです。それが、うまくいけば、事件の解決に、役立つかも知れませんので」

と、西本は、いった。

3

その夜、西本と千沙は、犀川を渡って、にし茶屋街に出かけた。

千沙は、愛用のカメラを持っている。去年の十月一日と同じく、モノクロフィルムを、入れていた。

「あの日よりも、緊張してるわ」

と、千沙は、いった。

微笑しているのだが、その笑顔が、ぎこちない。

時刻は、午後九時過ぎで、去年の十月一日に、千沙がにし茶屋街で、写真を撮ったのと、同じ時刻である。

茶屋街は、いつもの夜と同じだった。

立ち並ぶお茶屋には、灯がともり、三味線の音がかすかに聞こえてくる。

道の両側に並ぶぼんぼりが、妙になまめかしい。

他のお座敷へ回るのか、一軒のお茶屋から、二人の芸者が出て来て、歩き出す。

客を待つタクシーが、とまっている。

千沙が、西本を、お茶屋中川の前に、案内した。

今夜は、他のお茶屋と違ったことは、見られなかった。

「あの夜は、この家の前が、他のお茶屋より、ひときわ賑やかだったわ」

と、千沙は、いった。

「どんな風に?」

と、西本が、きく。

「普通、お茶屋さんの玄関の格子戸は、閉っているんだけど、あの夜の中川は、ずっと、開いたままだった。お祝いの人たちが、ひっきりなしにやって来てたから。芸者さんも来るし、古いおなじみさんも来るし、お茶屋組合のお偉いさんも顔を出すしね。だから、そんな様子を、写したのを覚えてる」

千沙が、カメラを構えながらいう。

「距離は？」

「このくらいかな」

と、千沙は、少し、後ずさりした。

西本は、周囲を見回しながら、

「多分、あの夜、西方広太郎は、他の場所で、近藤武彦を待っていたのでは目立ってまずいので、人の出入りの激しい中川の前にいたんだと思う。それで、たまたま、君のレンズに入ってしまったんだ」

と、いい、

「じゃあ、中川の格子戸が開いたところを、撮って欲しいな」

西本が、いった。

千沙が、そのシャッターチャンスを狙って、待つ。

十五、六分もたった時、眼の前の中川の玄関が、開いた。

中年の客が二人、おかみさんに送られて出て来た。そのあとから、芸者が二人。

すかさず、千沙が、シャッターを切った。

客は、眼をパチパチさせたが、おかみさんと、芸者は、微笑している。

それがすむと、二人は、彼女の車へ戻ったが、千沙は、

「明日、もう一度、写真を撮りに来たい」

と、いった。

「今夜の写真では、満足できないの？」

「ええ」

「でも、もともと、肝心の西方は、写っていないんだ。現場が撮れればいいと、思うんだが」

「ちょっと、違うの」

と、千沙が、いう。

「でも、あの夜と同じ時刻の中川を撮っているよ」

「あの夜は、空が、もう少し明るかった」

「空がね」

「ええ」

「芸術家というのは、小さなことでも、気にするんだね」

「私は、真実を追求するカメラマンなんです。少しでも、去年十月一日の写真に近づけたいの」

と、千沙は、いった。

西本は、その言葉に、賛成して、翌日の夜も、彼女につき合った。

「今夜はどう?」

と、西本は、星空を見上げて、きいた。

「そうね。少しは、あの夜に、似ている」

と、千沙は、いった。

二人は、また、にし茶屋街に行き、中川の前で、千沙が、カメラを構えた。

昨日と同じように、辛抱強く、シャッターチャンスを待つ。その間に、千沙は、少しずつ、一年前の十月一日の夜のことを思い出していった。彼女はカメラマンだから、言葉として思い出すのではなく、映像として、思い出すのだ。

「入口のところに、新しいお茶屋の繁盛を願って、大きな盛り塩があったわ」

千沙は、小声で、隣りにいる西本にいう。

「いいね。その調子だ」

と、西本は、励ました。

「格子戸が、開いていて、中が見えるんだけど、お祝いの花が、置いてあった。あれは、きっと、なじみのお客や、組合から贈られたものだわ」

「何の花だった?」

「白い花だった。高そうな花」

「じゃあ、白い胡蝶蘭かも知れないな」

「多分、新しいおかみさんの好きな花じゃないのかな」

「それは、調べれば、わかるよ」

と、西本は、いった。

茶屋街は、いつも、同じ感じの夜の雰囲気を持っている。

今年は、不景気だといい、地方の温泉町は、活気がないというが、この金沢は、歴史があるだけに、落ち着いて、しかも、静かな賑いを見せている。

どのお茶屋にも、明るい灯が入っているし、耳をすませると、三味線や、芸者の華やかな嬌声が聞こえてくるのだ。

中川の玄関が開いて、今夜は、数人の客が、ぞろぞろと出てきた。

送るようにして出て来た芸者も、四人と多い。

千沙が、シャッターを押し続ける。

西本は、ふと、何かの気配を感じて、周囲を見回した。

通りには、五、六人の客がいた。

それに芸者が二人。芸者の方は、すぐ、一軒のお茶屋に入ってしまった。

客の方は、ただ、ぼんやりと歩いている者もいれば、千沙のように、カメラを手に、この茶屋街を撮っている者もいる。

西本は、眉をしかめて、そのカメラの男を見すえた。

西本が、周囲を見回して、その男と、眼がぶつかった時、相手が、ひょいと、カメラの方向を変えたと感じたからである。

二人の芸者を、ずっと追っている格好をしたが、それまで、西本と千沙を、写していたのではないか。

西本が、睨むと、男は、そそくさと、犀川の方向に向って歩き出した。
四十五、六の男だった。
コートのポケットにカメラを放り込んで、逃げるように、消えてしまった。

「西本さん」

と、千沙にいわれて、西本は、われに返り、

「何？」

「もう一度、撮りたいから、あと、二、三十分、つき合って」

と、千沙は、いった。

「いいよ」

「何かあったの？」

「それは、後で話す」

とだけ、西本は、いった。

この時間からタクシーで、やってくる客もいて、夜がふけても、茶屋街は、賑やかだった。

また、中川の玄関が開き、若い男の客と、これも若い芸者が、おかみさんに送られて出てきた。

「あれ？」

と、西本が、眼を大きくしたのは、その客が、西本も顔を知っている若い男優だったからである。

タクシーが、すぐやって来て、彼と、芸者が、乗り込み、おかみさんが手をふって見送る。

「終りました」

と、千沙が、いい、

「西本さん、どうかしたんですか？」

「今の客は、俳優のＳ・Ａじゃなかった？」

「そうだった？」

「そうだよ」

「確か、彼は、金沢の生れだから、休みをとって、来ているのかも知れないわ」

と、千沙は、興味の無さそうないい方をしてから、

「それより、さっきは、何が、気になったんです？」

「カメラを持った男が、一人いてね」

と、西本は、いった。

「金沢の茶屋街は、京都と同じで歴史があるから、カメラマンも、よく撮りに来て、鉢合せすることがあるわ」

「いや。いかにも、アマチュアという感じで、デジカメを使っていた。ボクが、睨んだら、あわてて、逃げて行ったよ」

と、西本は、いった。

4

二人が車に戻ってから、西本は、

「今夜は、なるたけ、ボクの傍にいた方がいい」

と、すすめた。

「そのカメラの男が、危険なの?」

千沙が、きく。

「ボクの推測では、彼は、ボクたちの様子を見に来て、東京の西方広太郎に報告するだけだと思うが、用心に越したことはないからね」

「でも、私は、昨日、今日と、撮った写真を、今日中に、現像して、プリントしたいの」

「それなら、ボクが、君のマンションに行くよ。もちろん、君をガードするためだけだ」

と、西本は、いった。

そのいい方が、おかしかったのか、千沙は、「ふふッ」と、小さく笑ってから、アクセルを踏んだ。

彼女のマンションに行くのは、二度目だが、中に入ったのは、初めてだった。

　２ＤＫの部屋は、若い女性の部屋というより、若いカメラマンの部屋という感じだった。

　千沙は、西本に、コーヒーをいれてから、

「これから、やってしまいます」

と、改まった口調でいい、奥の部屋に消えた。

　一人になると、西本は、手帳を取り出して、そこに、にし茶屋街で見た男の特徴を、忘れないうちに、書き留めていった。

　年齢　四十五、六歳
　身長　一六五、六センチ　中肉
　白っぽい登山帽　黒ぶち眼鏡
　うす茶のコート（襟を立てていた）
　デジカメ

　このあと、下手な絵ながら、西本なりに、男の似顔絵を描いていった。

　描きながら、西本は、やはり、男と、本件の関係を、考えていた。

千沙にいったように、あの男は、西方広太郎に頼まれて、彼女の様子を調べに来たのだろうという考えは、変らなかった。

西方という男は、いかにも、大学の助教授らしく、自分の手を汚すのが、嫌いらしい。

去年の十月一日の夜、金沢で、近藤武彦を殺したのは、計画的ではなく、衝動的だったために、自分の手を汚してしまったのだろう。

今年に入ってからの小倉編集部長と、千沙の姉・由美の殺しは、金で傭った人間にやらせている。

モデルの小川明子殺しは、自分でやったと思われるが、これは、二人の関係を、誰にも知られたくなかったために、止《や》むなく、自らの手を汚したのだろう。

西方は、去年十月一日の殺人について、危うくアリバイが崩れそうになった。

酒井千沙の撮った写真のためである。

あわてた西方は、結局、三人の人間を殺し、問題の写真のネガと、パネルを奪い取った。

それで、西方は、安心しているのか。

答は、ノーだろう。

西方は、口封じに、殺し過ぎている。どこから、ほころびが出てくるかわからないからだ。

だから、西方は、絶えず、周囲に、気を配っているに違いない。

金沢での千沙のことだって、ネガを奪い、姉の店に飾ったパネルも、奪ったが、それでも、何処かに、現像した写真があるのではないかと、心配しているだろう。

それで、あの男に頼んで、彼女の様子を監視させているのではないのか？

そうだとすると、今夜のことは、もう、電話で、西方に、報告されているかも知れない。

酒井千沙は、若い男と、金沢のにし茶屋街で、熱心に写真を撮っていたという報告である。

デジカメを使っていたから、撮った写真も、パソコンを利用して、すでに、西方の手元に届いていると思われる。

西方は、なぜ、千沙が、今、にし茶屋街で、写真を撮っているのか、首をひねったろう。去年の十月一日夜の問題の写真なら、彼のアリバイが崩れてしまうが、今年の写真は、いくら撮っても、アリバイは、崩れないからである。

それだけに、西方は、気味悪がっているかも知れない。

（せいぜい、不安がってくれ）

と、西本は、思う。

もう一つ、西本の写真も、あの男は撮った筈である。

当然、西方は、この男は誰だろうと、考えるだろう。

それが、警視庁捜査一課の刑事だとわかってくれた方がいいと、西本は、思った。

千沙の傍に、刑事が張り付いていると知れば、彼女に手を出すことはしなくなるだろうと、思うからである。

西本は、携帯電話を取り出し、十津川にかけた。

昨夜と今夜の、にし茶屋街での撮影のことを、まず報告した。

「写真を撮っていると、彼女が、問題の写真のことを、いろいろと、思い出してくれました」

と、西本は、いった。

「出来あがった写真を、どうするつもりなんだ？」

と、十津川が、きく。

「とにかく、奪われた写真が、どんなものなのか、それを知りたいと思っているだけです」

「妙なことを考えるなよ」

と、十津川は、いった。

「妙なことって、何ですか？」

「わかっている筈だよ」

「いえ。わかりませんが」

「今、ＣＧ技術が、驚くほど、進んでいる。背景《バック》のお茶屋の写真を撮っておいて、ＣＧを、使って、その背景に、西方広太郎の写真を、はめ込むことだよ」

「――」

「そんな写真を作って、西方の有罪の証拠にしたって、そんなものに、証拠能力はないんだぞ。そのことを、しっかりと、心得ておくんだ」

十津川は、決めつけるように、いった。

「そんなことは全く考えていません」

と、西本は、いった。

「それなら、安心だがね」

「今、いったように、どんな写真だったかを知りたいだけです。それに、もう一つ目的がありました」

と、西本は、いった。

「どんなことだ?」

「彼女の、こうした行動が、西方広太郎を、疑心暗鬼にさせて、何か下手なことをするのではないかという期待もあるんです」

「それで、効果はあったのか?」

「早速、ありました」

西本は、デジカメを持った男のことを、話した。

「なるほど。面白いね」

「この男は、多分、東京から、西方の指示で、やって来たと思うのです。これから、男の特徴を申し上げますから、西方の周辺に、こういう男がいないかどうか、調べて頂けませんか」

と、西本は、いい、手帳を広げた。

5

十津川は、写真に細工なんかするなと、いった。

そんな姑息な手段で、犯人の西方を追いつめても、公判の席では、証拠能力が無いとも、十津川は、いった。

西本にも、それは、よくわかるのだ。しかし、折角、千沙が二日間にわたって撮った写真である。何とか、捜査に生かしたかった。それが、たとえ、証拠能力が無くてもである。

千沙は、二日間撮りまくったフィルムを、現像・焼付けし、彼女の姉がやっていた喫茶店にあったパネルと同じ大きさに引き伸していった。

全てで、四十六枚の写真が、出来あがった。

微妙に少しずつ違う写真である。

「この写真の中に、ＣＧで、西方広太郎を入れることは出来るね」

西本が、写真を見ながら、いった。

千沙は、笑って、

「何を企んでるの？　その合成写真を使って、犯人を、脅す気？　十津川さんに、禁止されたんじゃないの？」

「もちろん、合成写真は、証拠にはならないさ。ただ、ボクは、犯人に奪われた写真が、どんなものかそれが知りたいんだ。だから、ＣＧで、この写真に、犯人西方の写真を、組み込んでみたいんだよ」

と、西本は、いった。

「西方広太郎の顔写真は、手に入るかも知れないけど、問題の去年の十月一日に、彼が、どんな服装だったか、わからないんじゃないの？」

と、千沙が、いった。

「それは、わかると思うよ。去年の十月一日夜の殺人事件で、西方は、容疑者の一人として、県警の取調べを受けてるんだ。刑事は、彼の顔や、服装などをメモしたものを持ち、写真も携えて、現場周辺の聞き込みをやってる筈なんだ。だから、当日の西方の服装も、わかっていると思う」

と、西本は、いった。

西本の予想は、当っていた。

彼が、石川県警捜査一課に行き、十月一日の事件について調書を見せて貰うと、その中に、西方広太郎の写真が、三枚入っていた。

刑事が、聞き込みに使った写真だといい、その写真には、西方の身長、体重や、歩き方、話し方の癖などが、書き込まれていた。

西本は、調書と、三枚の写真を借りて、ホテルに戻った。

待っていた千沙に、写真を渡し、自分は、調書の西方広太郎の部分を、読んでみた。

読んでみると、当時、県警が、かなり、西方広太郎の容疑を、濃いものと見ていたことが、わかる。

しかし、西方広太郎は、当日、東京にいたというアリバイを主張した。

西方の友人で、同じ大学で、助教授をしている原和也、みゆき夫妻と、十月一日には、一緒にいたというアリバイである。

このアリバイを崩すために、県警の刑事たちは、西方の写真を手に、五日間にわたって、にし茶屋街と、犀川周辺を聞き込みに回っている。

刑事たちの報告も、記載されていた。

当夜、西方広太郎と思われる男を見たという人間が、合計、五人見つかっている。

しかし、どの証言にも、百パーセントの信憑性が、なかったと書いてある。

つまり、東京のアリバイを崩すだけの力がなかったということなのだ。

西本は、調書から眼をあげて、千沙を見た。

彼女は、三枚の西方の写真と、自分が、にし茶屋街で撮った五十枚近い写真を、見比べていた。

「うまく、合成写真を作れると思う？」

と、西本は、きいた。

「私の友だちに、ＣＧをやってる人がいるの。その友だちに頼んでみようと思ったんです」

千沙は、その友だちの所に、西本を紹介してくれた。

名前は、伊集院《いじゆういん》あき。千沙とは、高校時代の同窓生で、現在、金沢市内で、ＣＧの工房を、仲間五人と、やっていた。

西本が、問題の写真を、見せると、あきは、ニッと笑って、

「これ、去年の十月一日の夜の事件でしょう」

と、いった。

「わかりますか？」

「殺された人が、金沢の旧家の当主だったし、この近くの犀川で死んでいたから、よく覚えているんです」

と、あきが、いう。

彼女は、写真を見ながら、

「この人が、あの事件の犯人なの？」

と、千沙に、きいてきた。

「そういうわけじゃありません。ただ、容疑者の代りに、写真に登場して貰うだけです」

と、西本が、あわてて、いった。

「とにかく、あの夜の事件を、写真で、再現してみたいんです。捜査の参考にしたくてです」

「ダミーってこと？」

西本が、いうと、あきは、首をかしげて、

「でも、あの事件は、事故死ということになったんじゃないんですか？」

「そう思えたんだけど、違ったの」

と、千沙が、あきに向って、

「あの事件が、ずっと、尾を引いていて、私の姉も、この金沢で、自動車事故に見せかけて、殺されてしまったのよ」

その言葉に、あきは、眼をむいて、

「あなたのお姉さんは、トラックに追突されて、亡くなったんじゃなかったの？　そう聞いてたけど」

「証拠はないんだけど、私は、殺されたと思っている」

「ボクもです」

と、西本が、いった。

「でも、あなたのお姉さんが、なぜ、殺されたの？」

「去年の十月一日の事件の続きなのよ」

「ちゃんと、説明してくれないと、わからないわ」

「十月一日の事件で、容疑者として、警察に事情聴取された人がいるの。でもその人には、その日、東京にいたというアリバイがあったのよ。それが、結局、事故死ということで、あの事件は、決着してしまったんだけど、私が、撮った、写真の中に、その容疑者が写っているものがあったわけ」

「面白いな」

と、あきが、膝をのり出してきた。

「私が、撮った金沢の写真が、今度、東京の出版社で、写真集になることになったの。それで、ネガを、まとめて送ったんだけど、そのネガの中に、容疑者が、写っていたんだと思うのよ」

「つまり、このにし茶屋街の写真ね」

「正直にいうけど、私は、十月一日の事件とは、何の関係もなしに、好きな金沢の町を撮ってた。主題は、歴史の町金沢。そのモチーフで、にし茶屋街も撮りに行ったのよ。たまたま、その日が、中川というお茶屋さんが、久しぶりに、お店を開いた日で、芸者さんや、ひいきのお客さんが、ひっきりなしに、訪れていてね。その賑わいに興味があって、夜、中川の前で、写真を撮ったわ。ところが、その日が、去年の十月一日だったのよ」

「その写真に、容疑者が、写ってしまっていたんだ」

「そうなのよ。それに気付いた犯人は、ネガを奪うために、出版社の編集部長を殺してしまったのよ」

と、千沙は、いった。

「あなたのお姉さんが、殺されたのも、写真のせいなの？」

「姉の喫茶店に、私の撮った写真十六枚を、パネルにして、飾ってあった。犯人は、それも、手に入れようとして、姉を殺したのよ」

「犯人は、わかってるのね」

「そうです」

と、西本が、引き取って、

「去年の事件の時、東京でのアリバイがあって、容疑の圏外に逃げていた人物ですよ。千沙さんの写真によって、そのアリバイが崩れたんです。だから、殺人を重ねて、彼女の写真と、ネガも奪ったんですよ」

「なるほどね。でも、肝心の写真のネガまで奪われてしまっていては、どうにもならない。そこで、その写真を、何とかして、再生しようとしているわけね」

「そうなんですが、その写真は、もちろん、証拠写真にはなりません」

と、西本は、いった。

あきは、肯いて、

「そうね。いくら精巧に出来ていても、証拠能力はありませんものね」

「それは、わかっているんですが、とにかく、どんな写真だったか、この眼で見たいんです」

「あなたは、どのくらい覚えているの?」

と、あきが、千沙に、きいた。

「写真を改めて、何枚も撮っているうちに、少しずつ、思い出して来たわ。今では、はっきりと、どんな写真だったか、わかってる」

千沙は、一枚の写真を、手にとって、それに、油性ペンで、描き加えていった。

「玄関が、開いていて、たたきに、お祝いの白い胡蝶蘭が、並んでいた。四十歳くらいの芸者さんと、この中川のおかみさんが、奥で話をしていたわ。きれいな若い芸者さんと、観光協会の会長さんが、これから、店へ入ろうとしていた。入口には、盛り塩がしてあった。外で、観光客らしいカップルが、珍しそうに、のぞいていた。そして、こっちの方で、中年の男の人が、腕時計を見たり、通りを見たりしていた」

「その中年の男が、犯人？」

「ええ」

「それが、この三枚の写真に写っている男？」

「そう」

「となると、あなたの撮った写真に、いろんなものを入れていく必要があるわね。まず、この犯人。それから、白い胡蝶蘭」

「鉢が、二つ見えたわ」

「それから、盛り塩。芸者が二人、若い芸者と、中堅の芸者ね。それと、中川のおかみさんに、観光協会の会長さん」

「若い観光客らしいカップル」

「登場人物は沢山いるわね」

「難しい？」

「全員の写真が、手に入れば、ＣＧ処理するのは、難しくないわ。中川のおかみさんの写真は、手に入る？」

と、あきが、きいた。

「私が、撮ってくる。いや、こっちの写真に写ってるわ」

と、千沙が、いった。

「二人の芸者さんは、名前を、知ってるの？」

「知らないけど、だいたいの顔は、覚えてるから、写真を撮ってくるわ」

「観光協会の会長さんは、誰だっけ？」

あきが、きく。

「野原研一郎《のはらけんいちろう》さん。観光協会の仕事をしたことがあるから、よく知ってる」

「じゃあ、会長の写真も、撮れるわね」

「ええ」

「あとは、観光客らしい若いカップルか」

「男は、身長一七五センチくらいで、やせてた。女は、茶髪で、一六〇センチくらいかな。夜で寒かったのか、二人とも、セーターの上から、ジャンパーを羽おってた。そのジャンパーは、赤色で、フェラーリのマークが入っていたわ」

と、千沙が、いう。

「よく覚えてるわね」

あきが、感心した顔になっている。

「あたしは、いつも写真を撮ってるから、一枚の絵みたいに、覚えてしまうのよ」

と、千沙が、いった。

「じゃあ、このカップルは、どうやって、写真にする?」

「そうね。兼六園を一日歩けば、似たような観光客のカップルが、見つかると思うから、明日一日、見て来るわ」

と、千沙は、いった。

「じゃあ、それも、あなたが、揃えてくれるわけね」

「ええ。私の仕事だから」

と、千沙は、いった。

翌日、西本と千沙は、必要な写真を揃えるために、市内を、駈けずり回った。

まず、観光協会へ行って、野原会長の写真を撮らせて貰う。

次は、観光客らしい若いカップルだった。

兼六園を歩いていると、千沙の言葉通り、若いカップルの観光客も沢山いた。

その中から、千沙が選んで、二組のカップルを写真に撮った。

暗くなってから、二人は、にし茶屋街に出かけた。

そこで、芸者の写真を、撮らせて貰う。若い、売れっ子と、中堅の芸者である。

最後に残ったのは、「芸者を連れた」なじみの客である。

この客について千沙の記憶も鮮明だった。

「年齢は、五十歳前後ね。うす茶の和服に、羽織。足袋《たび》に草履」

と、千沙は、いう。

「そんな男が、見つかるかな?」

「この茶屋街で待っていれば、そういう粋な客も現われると思うわ」

と、千沙は、いった。

結局、十一時近くまで、粘って、一軒のお茶屋から、それらしい、和服姿の恰幅のいい客が、出てくるのに、ぶつかった。

二人で、頼み込んで、その客の写真を撮らせて貰う。

「あと、何か、忘れてるものはない?」

と、西本は、念を押した。

「これで、完璧だと思うわ」

と、千沙が、答えた。

二人は、翌日、撮った写真を持って、もう一度、伊集院あきを訪ねた。

彼女は、わざわざ、仕事を空けて、二人を待っていた。

千沙は、写真を並べてから、

「これで、全員だと思うわ。ただ、バックの写真に合わせるために、人物を縮小したりする必要があるんだけど」

「そんなことは、簡単よ」

と、あきが、いう。

「それから、この芸者さんの右手を、軽く曲げてみたいんだけど」

「それも、CGで、出来るわ」

あきは、簡単に引き受けた。

三人は、改めて、その夜の光景について、絵を描きながら、話し合った。

と、いっても、千沙が、一人で、喋ったといっても良かった。

「この盛り塩は、かなり大きかったから、目立ったわ。店の玄関で、おかみさんと、中堅の芸者が、話し合っていたのは、芸者は、たたきに立っていて、おかみさんは、あがりがまちに座っていた」

「お辞儀してたの？　それとも、お喋りをしていたの？」

と、あきが、きく。

「お喋り」

と、千沙は、いった。

「じゃあ、始めるわ」

あきは、まず、背景になるお茶屋中川の写真を、パソコンの画面に、のせた。

次に、玄関奥にいた、おかみさんと、芸者である。

その二人を、千沙の撮った写真の像よりも、小さくし、次に、ＣＧ操作で、適当に小さくしていく。

芸者の腕も、自由に動くようにして、千沙の言葉で、あるポーズで、止める。

見ていると、西本には、楽しい作業に見えた。

第六章　幻の映像

1

写真の人物を立体化する。

そのあと、千沙が、この人の顔は、もっと、右を向いていたと思うといえば、身体全体が動くから、一枚の平べったい写真と違って、不自然な動作にならないのだ。

人物だけでなく、千沙が写真に撮ったお茶屋も、電柱も、タクシーも、立体化していく。

一人の人物を、電柱の陰にかくすにしても、立体的にかくすことが、出来るから、真実の影が、作れるのだ。

それを、もう一度、平面的な写真に戻して、一枚の写真が、完成する。

その作業は、西本には、面白かった。

千沙の方は、あくまで、真剣だった。一枚の写真が完成してからも、難問が生れてくると、また、やり直しをさせた。

結果、十枚の写真が、出来あがった。

「この十枚を、よく見て、どれが、あの夜に写した自分の写真だったか、判断してみたいわ」

と、千沙は、いった。

十枚の写真には、もちろん、西方広太郎が、写っているが、微妙に違っている。どれが、去年の十月一日に撮った写真に近いかの判断は、千沙にしか出来ないのだ。

千沙が考え、迷っている間、西本は、その写真を、どうすべきかを考えていた。

十津川は、作った写真を、西方を追い詰めるのに使うなと、いった。

だが、苦労して作った写真を、むざむざ、処分するのは、口惜しいと思うのだ。

何かに、生かしたかった。

刑事だから、何とか、捜査に生かしたい。

と、いって、十津川にいわれているから、西方を追い詰めるのに使うわけには、いかなかった。

「どうしたらいい?」

と、西本は、当事者の千沙に、きいた。

「写真のこと?」

「そうだよ。折角、CGまで使って出来あがった写真を、何かに使いたいんだ」

「ええ」

「しかし、ホンモノの十月一日の写真ではないから、裁判では、使えないんだ」

「それは、わかっています」

と、千沙は、肯く。

「でも、ボクとしては、犯人の西方を追い詰めるのに使いたいんだ。何といっても、君のお姉さんを殺した犯人だからね。そいつが、今も、のうのうとしているのが、許せないんだよ」

「ええ。私も、同じ気持です。でも、この十枚の写真が、去年の十月一日の写真じゃないことは、自分が一番よく知ってるんです。捜査の参考にはなっても、犯人を欺すのに使うことは出来ない。それは、私の良心が、許せません」

と、千沙は、いった。

「真面目だね」

「カメラマンとしての良心です」

「しかし、君だって、何とか、この写真を、犯人逮捕に役立てたいんだろう？　だから、苦労して、写真を撮ったり、CG処理をしたわけなんだから」

「ええ。ただ、欺したりはしたくないんです」

「でも、犯人の西方が、勝手に思い込むのは、構わないでしょう？」

「どういうこと？」

「それを、今から考えようと思っているんだ。正直にいって、自分でも、どう使ったらいいかわからない。ただ、この写真を使って、犯人の西方を欺すのが許されないとすれば、西方が、勝手に思い込むように仕向けるしかないとは思っている。今、わかっているのは、それだけなんだ」

と、西本は、いった。

「西本さんが、いってることが、よくわからないんだけど」

「ボクにも、よくわからないんだ」

西本は、正直に、いった。

それから、二日して、千沙は、十枚の写真の中から、一枚の写真を選んだ。

「これと同じ写真だったと思う。細かい差は、わからないけど」

と、千沙は、いった。

「ボクに一つの提案があるんだが」

「この写真の生かし方?」

「そうだ」

「どう生かすの?」

「君のお姉さんがやっていた喫茶店だけど、まだ、使えるね?」

「ええ。権利を売ろうと思うんだけど、不景気だから、売れずにいるわ」

「あの店に、君の撮った写真十六枚が、パネルで、飾ってあったんだね」

「ええ。でも、そのために姉は殺されてしまったんだわ」

「その十六枚が、どんな写真だったか、覚えているといってたね」

「ええ。全部じゃありませんけど」

「同じ金沢の場所や、人物は、少しずつ、撮り直しているんだよね」

「ええ。兼六園でも同じアングルで撮ったし、有名な芸者さんの写真も撮りました。加賀友禅を着ている写真も」

と、千沙は、いった。

「じゃあ、十六枚全部を揃えて欲しいんだ」

と、西本は、いった。

「どういうこと?」

「問題の西方広太郎入りの写真は、もう出来ている。他に、何枚か、同じ場所で、同じアングルで撮ったものがあって、全部で、何枚になっているのかな?」

「八枚かな」

「じゃあ、あと八枚、同じ場所、同じアングルのものを、撮って欲しい」

「それで、どうするの?」

「それを、パネルにして、店に飾り、もう一度、あの喫茶店をオープンするんだ」

と、西本は、いった。

「でも、前にいったように、十六枚全部を、完全には、覚えていないわ」

と、千沙は、いった。

「しかし、同じ金沢を、写したものだということは、間違いないんでしょう?」

「それは、全部、この金沢を撮ったものだけど」

「じゃあ、二枚か三枚、覚えていないものがあったら、君の好きな金沢の風景を撮ってくれればいい」

と、西本は、いった。

2

翌日から、残りの八枚の写真を撮ることになった。

西本は、彼女をガードするために、同行した。

全ての写真が、揃うと、今度は、十六枚を、パネルにした。

次に、西本が、保証人になって、千沙が、銀行から三百万円を借り、店の改装に取りかかった。

それは、急いでやって貰ったが、それでも、五日間かかった。

カメラマンとしての千沙は、金沢に友人が多い。

オープンの日には、市の助役や、観光協会の会長も来てくれた。

例のお茶屋中川のおかみさんも、芸者を二人連れて来てくれた。

オープンの前に、西本は、千沙と話し合っていた。

「店のオープンのこと、何としてでも、新聞にのせるようにしたいんだ。だから、新聞記者には丁寧に、愛想よく接して欲しい」

と、西本は、いった。

「ええ」

と、千沙が、肯く。

「多分、記者は、亡くなったお姉さんのことを聞くと思う。そして、ちょっと、ホロリとする答を欲しがると思う。だから、君は、お姉さんの思い出を喋り、亡くなった姉のこの店を失くすことが出来なくて、こうやって、オープンすることにしましたとでも、いって欲しいんだ」

「それだけ？」

「もう一つ、店は、姉が好きだったもので飾りましたと、いって貰いたい」

「なぜ？」

「十六枚のパネル写真のことがあるからだよ。前と同じ写真といっては、嘘になってしまうが、お姉さんの好きな写真というのは、嘘にはならないからね」

「それはそうだけど、もし、同じ写真ですかと聞かれたらどう答えたらいいの？　嘘はつけないわ」

と、千沙は、いう。

「君は、美人だ」

「それが、何の関係があるの？」

千沙が、苦笑する。

「君が、黙って微笑していれば、記者の方が、勝手に解釈して書いてくれる」

と、西本は、笑ってから、

「カメラマンが来て、君の写真を撮りたいというと思う。その時は、西方を刷り込んだ例の写真の前で、ポーズをとって欲しいんだ。だから、そのつもりで、十六枚のパネルを並べておくようにしたい」

これが、事前に、二人でしめし合せておいたことだった。

想像した通り、新聞記者は、死んだ姉のことを質問し、同行したカメラマンは、千沙の写真を撮った。

千沙は、打ち合せた通りに、記者たちに答えた。

「亡くなった姉は、私にとって、唯一の肉親だったんです。このお店も、やめるつもりだったんですけど、姉のことを考えると、どうしても続けたくて、借金をして、こうしてオープンしました。改装はしましたけど、姉が好きだったものは、何も変えていません」

それから、問題の写真パネルは、カウンターのうしろに飾り、写真は、全て、カウンターに寄りかかる感じで、撮って貰った。

千沙は、写真パネルについて、こと細かく質問されたら困るなと思っていたが、新聞記

者たちは、別に質問をせず、逆に、お茶屋中川のおかみさんや、観光協会の会長が、千沙のいれたコーヒーを飲みながら、

「なつかしいわ。あなたのお姉さんが、やっていた時に、ここへコーヒーを頂きに来たことがありますけど、十六枚の写真を、楽しく拝見しました。この写真も、なつかしく拝見しました」

「私も、観光協会の会長として、歴史の町金沢を、ずいぶん自分で写真に撮りました。しかし、悲しいかな写真については、アマチュアでね。とても、あなたのように、いい写真は撮れない。ここへコーヒーを飲みに来て、君が撮った十六枚の写真を見て、感動しましたよ。さすがに、プロは違うと思った。今、改めて、この十六枚の写真を見て、同じ感想を持ちましたよ」

と、それぞれの感想を口にした。

二人とも、勝手に、十六枚の写真が、前と同じものだと決め込んでいるのだ。

千沙は、それを否定しなかった。

喫茶店をオープンしたことは、大新聞の石川版に、また、地方新聞には、社会面に大きく、のせられた。

〈亡き姉の遺志を継いで！〉

〈全て、姉の店のままですと、妹の千沙さんが語る〉

〈オープンの日、金沢市の助役や、きれいどころが来店して祝福！〉

そんな見出しが、並んだ。

また、当日、来店した人たちの談話も大きくのった。

千沙と、西本の意図した通りの写真ものった。カウンターに寄りかかった千沙の写真である。

彼女の背景《バック》には、その写真のパネルが、写っている。

翌日も、店は開けられ、千沙と、西本が、働いた。

新聞や、金沢の有力者に宣伝して貰った以上、勝手に休むわけにはいかなかった。

店は、繁盛した。地元の人も、観光客も、来てくれた。

しかし、東京の西方広太郎の反応は、伝わって来なかった。

十津川からは、電話が入った。

「新聞で見たが、千沙さんが、喫茶店をやることになったようだね」

と、十津川は、いった。

西本は、わざと、このことは、十津川にも、亀井にも、伝えておかなかったのだ。

「彼女が、どうしても、お姉さんのやっていた喫茶店を潰したくないというもんですから」

と、西本は、いった。

「君も手伝っているのか？」

「手伝いながら、彼女を守っています」

西本が、答えると、十津川は、急に語調を変えて、

「まさか、君が、店を、再開しろと、彼女にすすめたんじゃあるまいね？」

「どうして、私が、そんなことをすすめるんですか？」

「犯人の西方を、おびき出すためだ」

と、十津川は、いう。

「それはありません。あくまでも、彼女が、お姉さんの店を、潰したくないということで始めたんです。もちろん、警部のいわれた効果を、全く期待しなかったといえば、嘘になってしまいますが」

「そうだろうね」

「それで、お聞きしますが、西方は、どうしていますか？」

と、西本は、きいた。

「東京から動かないな」

「金沢での喫茶店の再開のことを知っているんでしょうか？　それとも、全く知らずにいるんでしょうか？」

「調べてみよう」

と、十津川は、いい、翌日の昼前に、電話がかかってきた。

「西方が、昨日、国会図書館へ行き、金沢タイムスや、加賀新報といった、金沢の新聞を閲覧しているのが、わかったよ」

と、十津川は、いった。

「じゃあ、西方は、喫茶店のオープンを知っているんですね」

「そのことを詳しく知りたくて、国会図書館へ行ったんだと思うよ」

と、十津川は、いった。

「これから、西方は、どういう行動に出ると、思いますか？」

西本が、きくと、十津川は、

「君が、酒井千沙と一緒に考えてみたまえ。再開した店が、どんな風になっているのか、私は、知らんのだから」

と、いった。

西本は、考え込んだ。

西方広太郎は、金沢の千沙の動きを気にしている筈だった。

だからこそ、にし茶屋街の写真を撮っているとき、不審な男が、千沙と西本のまわりを、うろついていたのだ。

西方は、死んだ酒井由美の店を、妹の千沙が、再開したことも、すぐ気がついた。

これから、彼は、どんな行動に出てくるだろうか？

3

西本は、借金をし、同じ市内の電器店で、超小型の監視カメラ五台を買い込んだ。

それを、喫茶店の店内の各所に、死角のないように取りつけた。

西方広太郎本人が、この店へやってくるとは、思っていなかった。

そんなことをすれば、西方にとって、命取りになりかねないからだ。

西方は、東京で、小倉編集部長を殺す時も、金沢で、千沙の姉を殺す時も、金で、人を傭っている。だから、今回、この喫茶店の写真パネルが気になっても、人を傭って、見に来させるだろう。

どんな人間が、来るかわからない。だから、不審者は全て、監視カメラで、捕えておきたいのだ。

一方、東京では、十津川たちが、西方に近づく全ての人間を、ビデオに、おさめていた。

その両方に映っている人間がいたら、西方に頼まれて、喫茶店を調べに来たことになる。

「本当に来るのかしら?」

千沙が、きく。それに対して、西本は、

「必ず、来ますよ」

「誰が、西方広太郎に頼まれた人間か、判断できる?」

「あの写真を、やたらに気にする人間がいたら、それが不審者ですよ」

と、西本は、いった。

十津川から、連絡が、入った。

「このところ、西方の様子が、おかしいんだ」

と、十津川は、いった。

「どんな風にですか？」

「落ち着きがない。これは、西方のまわりの人間が、みんな、口にしている」

「やっぱり、こちらの喫茶店のことが、気になっているんだと思います」

と、西本は、いった。

「だとすると、西方に頼まれた人間が、そちらへ見に行くぞ」

と、十津川は、いった。

西本は、千沙に向って、

「いよいよ、西方のスパイが、やって来ますよ」

と、いった。

二日後、昼すぎにやって来た客の一人が、コーヒーを注文してから、

「店内の写真を撮ってもいいですか？」

と、きいた。

「どうぞ」

と、千沙が、笑顔で答える。

西本は、その男に、注目した。三十五、六歳に見えた。背広にネクタイをしめている。

サラリーマンが、ふらりと、入って来たように見える。

店の写真を撮りたいといった客は、この男が、初めてではなかった。四人目か、五人目だろう。

ただ、十津川からの連絡があったあとでは、初めての客だった。

持っているのは、ライカである。

フラッシュを焚いて、店内を撮っていく。

カウンターの中の壁にかかった例の写真も、撮っている。

「それを、何にお使いになるんですか？」

西本が、意地悪く、きいた。が、男は、にこやかに、微笑して、

「ボクは、喫茶店や、レストランの内装に興味がありましてね。時間があると、カメラ片手に、回ってるんですよ」

「失礼ですが、そういうご商売の方ですか？」

「いや、ボクは、平凡なサラリーマンです。ただいつか、会社勤めをやめて、自分の店を持ちたいと、思っているんですよ。その時に備えての勉強といったら、いいかも知れませんね」

と、男は、いった。

「お名前を伺えます？」

と、千沙が、きいた。

男は、ちょっと、ためらってから、

「田中《たなか》といいます」

「金沢の方ですか?」

「いや。観光客の一人です」

と、いい、男は、店を出て行った。

西本は、男の使ったコーヒーカップを、丁寧に、ハンカチで包んで、保管することにした。前歴があれば、指紋から、身元が割れるだろう。

監視カメラが捕えた男の映像を、プリントアウトして、東京に送ることにした。

この作業は、千沙が、やった。

4

東京では、金沢から送られて来た五枚の写真を、十津川たちが、点検した。

一人の男を、さまざまな角度から撮った写真である。

西本は、電話で、この男を、不審者と、断定していた。

十津川たちは、次に、西方広太郎に近づく人間を撮ったビデオを見ることにした。

何人目かで、全員が、

「この男ですよ」

と、叫んだ。

同じ男が、ビデオにも、映っていたからである。

「間違いなく、同一人物ですね」

と、亀井が、断定した。

ビデオの男は、五枚の写真の男と、同じ背広姿で、新宿のホテル内のレストランで、西方と、会っていた。

そこで、何を話したのか、声は、聞き取れていない。ただ、その翌日、男は、ライカを下げて、金沢へ行き、喫茶店の店内の写真を撮っているのだ。

常識的に見て、西方に頼まれて、喫茶店の写真を撮りに、金沢へ行ったと考えていいだろう。

すぐ、西本が、送ってきた男の右手の指紋を、警察庁に送ったが、残念ながら、犯罪者データには見当らないという返事だった。

十津川は、西本に電話をかけた。

「君の想像通り、写真の男は、西方広太郎に、頼まれて、金沢へ行ったんだ」

「そうすると、今頃、撮った写真を引き伸して、西方に見せていますね」

西本の声が、弾んでいる。

「君や、千沙さんの思惑どおりに、西方が、引っかかり、問題の写真を奪いに行くぞ。西方本人が行くか、誰かに頼むかは、わからないが」

と、十津川は、いった。

「来れば、必ず、取っ捕えますよ。西方本人でなくても、捕えて、彼に頼まれたと自白させれば、事件は、大きく解決に動きます」

と、西本は、いった。

「しかし、用心しろよ。西方は、その店ごと焼いてしまっても写真が失くなれば、いいんだから」

十津川が、注意すると、西本は、

「大丈夫です。今まで、店内においた監視カメラを、店の外に付けかえました。夜でも、近づいてくる者は、全て、キャッチできます」

と、自信にあふれた声の調子で、いった。

西本は、それを、実行した。

千沙と二人、店内で、寝泊りし、交代で、夜も、監視カメラを見つめた。

万一に備えて、拳銃も、身体から離さなかった。

十津川のいう通り、これは、危険な賭けだった。

すでに、西方は、自分で、二人の人間を殺し、更に、人を使って、二人の人間を、殺しているのである。

あと、一人や、二人を殺すことも、平気だろう。問題の写真を灰にするために、この店に火をつけることも、平気でやるだろう。

そんな人間に対しては、拳銃の使用も、やむを得ないと、思っていた。

だが、敵は、なかなか、現われなかった。

一日たち、二日たっても、何も起きなかった。

「多分、犯人は、こちらが、緊張を失うのを待っているんだと思いますよ」

と、西本は、千沙に、いった。

「ええ」

と、千沙が、肯く。

「こうなれば、根比べです」

と、西本は、いった。

十日たったとき、十津川から、電話があった。

「失敗したよ」

と、十津川が、いった。

「何をいうんですか。これから、犯人が、現われることだって、あり得るんですから」

「犯人は、もう、そちらには、行かないよ」

十津川は、断定するように、いった。

「なぜですか？」

西本は、怒ったような口調で、きいた。

「こちらで、全員で、西方広太郎を監視していたんだ。そちらの喫茶店が、オープンし、新聞に記事がのった頃は、明らかに、西方は、落ち着きを失っていた。そして、写真の男に、ライカを持たせて、金沢に行かせた。これは間違いない。男が、西方に頼まれて、店内の写真を撮りに行ったのも間違いない。問題は、そのあとだ。われわれは、西方を監視しているんだが、ここへ来て、彼は、ニコニコしているんだ。安心し切った顔をしている」

と、十津川は、いうのだ。

「どういうことですか？」

西本が、きく。

千沙が、傍で、心配そうに見ていた。

「考えられることは、一つだよ。問題の写真が、ニセモノとわかったんで、安心してしまったんだ。そんな写真を奪う必要はないと思ったんだよ」

と、十津川は、いった。

「わかりませんね。あの写真は、千沙さんの記憶を頼りに、CGの技術を使って、作りあげたものなんです。去年十月一日夜の、にし茶屋街の賑わいを、上手く再現していますし、その写真の中に、西方が、写っているんです。それも、合成とは、わからないくらい、上手く、出来ています。ニセモノと、見破れるとは、思えませんが」

西本は、必死に、いった。

「じゃあ、なぜ、西方は、あんなに落ち着き払っているんだ？」

と、十津川が、いう。

「彼は、警察に監視されているのを、知っているんじゃありませんか。だから、わざと、ニコニコして見せているんじゃありませんか？」

西本が、いった。

「それも、もちろん、考えてみたよ。しかし、違うんだよ」

「なぜ、わかるんですか?」

「昨日、西方は、本堂《ほんどう》という友人の家で、夕食をとっている。われわれは、その家の中までは、監視できないから、中では、西方は、別に、演技をする必要はないわけだよ」

「そうですが――」

「この本堂という友人に、あとで、話を聞いている。彼の話によると、西方は、終始、楽しそうだったといっている。外国旅行のことで、話も弾んだそうだ」

「その友人が、嘘をついているということは、考えられませんか?」

と、西本は、きいた。

「それはないね。友人といっても、本堂という男は、西方の生き方に、批判的なことで、知られている人間だからだ。その本堂が、西方のことで、嘘をつくとは、思えないのだよ」

と、十津川は、いった。

「それは、間違いありませんか?」

西本は、くどいとは思っても、念を押さずには、いられなかった。

「残念だが、本堂という男のことは、詳しく調べたよ。君のいう通り、友人の西方広太郎のために、嘘をつくことは、十分に考えられるからね。しかし、いくら調べても、本堂が、嘘をつく要素は、見つからないんだ。今もいったように、本堂は、西方の生き方に、批判的だし、彼に借りがあるという話も聞いていないんだよ。それから、昨日の夕食は、どちらから誘ったというのでもなく、偶然、ということもわかっている。本堂の奥さんの証言もとってあるよ」

「どんなことを、奥さんは、いってるんですか？」

と、西本は、きいた。

「彼女は、こう証言している。西方さんは、最近、元気がなく、心配していたのだが、昨日会った時は、とても、明るく元気なので、ほっとしました。面白い話をして、私を笑わせてくれましたと」

「そうですか――」

西本は、小さな溜息をつき、電話を切った。

十津川の言葉は、信用せざるを得ないのだが、今回の計画が、失敗したと思いたくもないのだ。

西本は、カウンターに頬杖をつき、問題の写真を見つめた。

この写真を作るのに、どれだけ、千沙と二人で、苦労したことか。

「駄目だったの？」

と、千沙が、声をかけてきた。

彼女は、二人分のコーヒーをいれて、西本にも、すすめてくれた。

「うまくいくと思ったんだがな」

西本は、口惜しかった。

「結局、犯人を欺せなかったということね」

「まだ、完全に、駄目だというわけじゃないんだ。西方が、ボクたちを油断させておいて、突然、襲ってくることも、考えられないことは、ないんだ」

と、西本は、いったが、その声に、力はなかった。

「いいの。私の力が、足りなかったんだから」

千沙は、小さく笑い、コーヒーを、口に運んだ。

西本は、首を横にふって、

「君は、立派だった。この写真は、君が作ったんだ。記憶も、はっきりしていたし、君の力で、CGも出来たんだ。ボクが見ても、写真は、素晴しい出来だよ」

「でも、犯人は、欺されなかったんだから、何処か、間違っていたのよ」

「何処がだろう？」

「わからないけど、去年の十月一日の夜は、現場に、犬か猫がいて、それが、この写真には、写っていないといったことがあるのかも知れないわ」

と、千沙は、いった。

「あの夜、現場に、犬か猫がいたの？」

西本が、きく。

「覚えてない」

と、千沙は、いう。

「じゃあ、いなかったんだ。ボクが、君と一緒に、この写真を作っていて、一番感心したのは、君の映像感覚なんだ。普通の人は、言葉によって、記憶しているが、君は、写真家らしく、一つの映像として、記憶していることが、よくわかったよ。言葉による記憶は、全体像がつかみにくいが、君のやり方だと、一つの景色として、覚えているから、全体像がつかめるんだ。だから、この写真は、正確なものだと、ボクは、信じているんだよ」

と、西本は、いった。

「でも、何処か違っているんだと思う。だから、犯人は平気でいるんでしょう？」

「そこが、不思議で仕方がないんだ。西方が、一年前の十月一日の夜のことを、君以上に、正確に覚えているとは、とても考えられないからね」

「でも——」

「ひょっとすると――」

と、西本は、急に眼を光らせた。

5

十津川は、捜査会議で、三上刑事部長に、こう、自分の考えを話した。

「犯人の西方広太郎は、去年の十月一日に、金沢で、殺人を犯しました。十月一日の夜です。彼の後輩で、彼に恩義を感じている若い助教授夫妻によるアリバイ工作で、西方は、救われました。ところが、酒井千沙の撮った厖大な写真の中に、同じ十月一日夜の金沢のにし茶屋街を撮ったものがあり、それに、たまたま、西方が、写ってしまっていた。それが、連続殺人事件の発端になりました。西方は、まず、問題の写真のネガを奪うために、小倉編集部長を殺し、次に、その写真が、パネルにして飾ってあった酒井姉妹の喫茶店のオーナー、由美を殺して、この写真も、奪いました。更に、この写真のことを知っている小川明子も、殺害してしまいました」

十津川は、ここで、一息入れて、また続けた。

「これで、西方は、自分に不利な人間と、証拠写真は全て処分してしまったのです。本人も、そう考えたでしょうし、われわれも、そう考えました。しかし、殺された酒井由美の妹で、問題の写真を撮ったカメラマンの千沙は、何とかして、姉の仇をとりたいと考え、西本刑事と協力して、問題の写真の複製に取りかかったのです」

「ちょっと待ちなさい」

と、三上刑事部長が、十津川の言葉を抑えて、

「そんなことは、私は、許さんよ。それは、証拠の捏造じゃないか」

と、大声を出した。

「そうです。捏造です。私も、中止するように、西本たちに、いいました。しかし、西本と千沙は、止《や》めませんでした。ただ、二人は、偽の証拠を作るとは、いっていません。あくまでも、問題の喫茶店を再開するので、店内を飾る写真パネルを作っているのだといっていました。それでは、私も、止めろということは、出来ません」

「しかし、それは、詭弁だろう」

と、三上が、渋面を作って、いう。

「かも知れませんが、二人は、あくまでも、その線で写真を作りました。ＣＧも使ってです。そして、喫茶店の再開。店に並べた写真パネルについては、二人は、何もいわず、マスコミが、勝手に、『見つかった写真』と、書き立てたわけです」

「二人は、それが、狙いだったんだろう?」

「そうです」

と、十津川は、笑った。

「二人の狙いは、はっきりしています。西方に、ゆさぶりをかける気です。西方は、証拠写真を、全て、始末したとして、安心していたら、実は、まだ、残っていた。そう思うと、西方は、狼狽するだろうと、二人は、考えたのです。その思惑は、当りました。西方は、マスコミの報道にうろたえて、本当に、そんな写真があったのか、と思い、狼狽したのです。そこで、西方は、一人の男に、喫茶店に行かせ、店内の写真を撮らせました。この男の名前は、まだわかりませんが、西方に頼まれたことは、間違いありません。西本と、千沙の思惑が、当ったわけです。次は、西方が、この写真を奪おうとして、どんな行動に出てくるか。それをうまく抑えれば、状況証拠は出来るわけです」

「しかし、捏造写真だぞ」

「そうです。が、西方が、勝手に、ホンモノと思い込むことに、二人の責任はありませんから」

「それで、成功して、西方広太郎を、逮捕できたのか?　出来ないんだろう?」

三上は、皮肉な目付きで、十津川を見すえた。

「駄目でした。西方は、このエサに、食いついて来ませんでした。調べたところ、悠然と、暮らしています」

「当然だ。そんな捏造写真で、犯人を驚かせるわけじゃないんだ」

「そこで、わからないのです」

「何処がだね？」

「西方は、マスコミが、喫茶店の再開と、古い写真が見つかって、店に飾られたことを伝えると、明らかに狼狽したのです。ところが、人を傭って、問題の写真を撮って持ち帰ったとたん、西方は、安心し切ってしまったのです。何故でしょうか？」

「そんなことは、決っている。捏造写真と、わかったからだよ」

と、三上が、いった。

「では、なぜ、捏造写真と、わかったんでしょう？」

「それは、ニセモノだからだろう」

「どうして、ニセモノと、わかったんでしょう？　この写真は、千沙の写真家の記憶と、プロの腕を使って撮影し、ＣＧ技術を使って、それに、西方の写真を、はめ込んだのです。非常に、上手く出来ているといっていました。ところが、西方は、それを、ニセモノと、見破ってしまった。何故でしょうか？」

「そりゃあ、西方は、ホンモノを持っているんだ。見比べてみれば、すぐ、ニセモノと、わかってしまうじゃないか」

と、三上は、いった。

「それなんです！」

突然、十津川が、大声をあげた。

「急に、大声を出すなよ。びっくりするじゃないか！」

と、三上が、叱った。

「申しわけありませんが、今の部長の言葉こそ、真実だと思うのです」

「こんなことは、誰だって、気がつく筈だよ」

「われわれは、西方が、手に入れた証拠の写真とネガは、処分したと思っていたんです。そんな危険なものを、大事に、とっておく筈がないからです。ところが、西方は、持っていたんです」

と、十津川は、いった。

6

「しかし、もう処分してしまったよ。役目は、終ったんだ。危険なものを、いつまでも、持っている筈はないだろう」

と、三上は、いった。

十津川は、首を小さく、横に振った。

「ところが、私は、西方が、処分せず、まだ、持っていると、見ています」

と、十津川は、いった。

「なぜだ？　理屈に合わないじゃないか。いつも、爆弾を、身近に、置いておくようなものだろう」

「しかし、彼は、今日まで、ネガか、写真を持っていたんです。だから、CGを使って作った写真をニセモノとわかったんです。だから、今後も、持っていく筈です」

と、十津川は、いった。

「だから、なぜだと、きいている」

「一つだけ、理由が考えられます。西方は、問題の写真を手に入れました。ネガもです。

その時点で、写真ノイローゼになっていたんじゃないかと思うのです。千沙が、金沢の歴史を世に伝えようとして、撮りまくった写真の中に、偶然、自分が写ってしまっていて、それが、命取りになってしまっている。ひょっとすると、他にも、写真に撮られてしまったことがあるのではないかという恐怖です。何しろ、金沢は、観光と歴史の町ですからね。あの夜、他にも、にし茶屋街をカメラにおさめていた人間が、いたかも知れないのです。あの夜、西方は、無防備でした。というのは、お茶屋から出てくる近藤武彦を、待っていたんですが、その時点で、相手を殺そうと決めてはいなかったからです。説得して、何とか、援助を得ようと思っていたのです。だから、誰かのカメラに、自分が、写ってしまうことは、さして、苦にしていなかったと思うのであり、お茶屋から出て来た近藤武彦を、犀川のほとりに連れて行って、援助を頼んだが、断わられ、かっとして、殺してしまったのです」

「それで?」

と、三上は、先を、促す。

「もう一つ、西方は、写真の怖さを感じていたと思います。それは、それらしい写真の怖さです。何しろ、夜のお茶屋街です。そこに自分らしい人影が写っていたら、これは、お前だといわれるかも知れない。警察だって、写真を作って、自分を追い詰めてくるかも知れない。今の合成写真は、見事なものですからね。悪知恵が働く人間ほど、そんな不安を感じるものです。その時、自分を守る方法は、おかしなことに、千沙の撮った写真しかないのです。プロの写真家が撮った完璧な写真。これがあれば、ニセ写真も、それらしい写真も、きっぱりと、否定できて、怯えずにすみます。だから、西方は、奪った写真と、ネガを、捨てられなかったんじゃないでしょうか」

「説得力は、あるな」

「そして、今回の合成写真です。CG処理して、完璧に作りあげた写真で、十月一日の夜の光景が、見事に再現されています。その景色の中に、西方が、写っています。西方は、ふるえあがったと思いますよ。それで、完全に、アリバイは、崩れてしまったと思ったに違いありません。そんな西方を救ったのは、千沙が、去年の十月一日の夜に撮った、写真だったんです。そこには、完全に、ホンモノの十月一日の夜が写っています。それと、少しでも違っていれば、いくら見事に出来ていても、ニセモノで、証拠能力はゼロです。西方は、救われました。こうなると、彼は、もう、奪った写真のネガを処分することは、出来なくなったに違いありません。千沙たちは、また、合成写真を使って、自分を脅してくるかも知れない。その時、自分を守る武器は、皮肉なことに、奪った千沙の写真しかないのです。何しろ、一年前の夜のことだし、人間の記憶なんか、あいまいなものです。写真が、ニセモノかホンモノかなんか、わかりはしません。その区別が出来るのは、十月一日夜に撮った千沙の写真しかないんです」

「確かに皮肉なものだな」

「だから、これからも、西方は、この写真のネガは、処分することは、出来ないと、思うのです」

と、十津川は、いった。

「しかし、これから、どうするね？　西方が写真のネガを持っているとしても、家宅捜索をして、見つかるかどうかわからんだろう？　持っているに違いないというのは、あくまでも、君の想像なんだからね」

三上が、いった。

「もっと、捨てられなくさせてやります」

と、十津川は、いった。

「どうするんだ？」

「それは、私に委せて下さい」

と、十津川は、いった。

捜査会議が終ると、十津川は、金沢の西本たちに電話をかけた。

「君たちの作った写真だがね」

と、いうと、西本は、

「もう焼き捨てようかと思っています。折角作ったのに、簡単に、ニセモノと、見破られてしまいましたからね。彼女も、合成写真を、店に飾っておくのは、写真家としての誇りが、許さないと、いっています」

「しかし、彼女にしても、姉さんの仇は、討ちたいんだろう?」

と、十津川は、いった。

「だから、彼女は、苦労して、CGまで使って、あの写真を作ったんです。今でも、姉さんを殺した犯人に、激しい憎しみを、持っていますよ。それは、よく、わかります」

「じゃあ、もう一枚、写真を作るように説得してくれ」

「どんな写真ですか?」

「あれに似ていて、もう少しザツな写真だ。簡単に、合成写真とわかるやつがいい」

と、十津川は、いった。

「そんな写真では、簡単に、ニセモノと見破られて、犯人は、びくともしませんよ」

西本が、いう。

「それが、狙いなんだよ」

と、十津川は、いった。

「よくわかりませんが」

と、西本は、いう。

十津川は、三上刑事部長に説明したと同じことを、西本に、話した。

「私としては、西方に、奪った写真やネガを、ずっと、持たせて、おきたいんだよ。そのために、合成写真を送りつけて、奴を、怯えさせてやりたいんだ。今、そちらの店に飾られている写真と同じでは、芸がないから、少し違った、わざと、もう少しザツなものにして貰いたいんだよ。作れるだろう？」

「それは、簡単に作れると思います」

「作ったら、東京の西方広太郎に、送りつけて貰いたいのだ」

「わかりました。手紙と一緒に送りつけてやりますよ」

「匿名が、いい」

と、十津川は、いった。

電話が、切れると、西本は、すぐ、千沙と相談した。

プロのカメラマンである千沙は、最初、わざと下手な合成写真を作ることに、反対した。

それを、西本は、姉さんの仇を討つためということで説得した。

「うまい写真では、また、君が作ったんだろうと、西方にわかってしまうんだ。それでは、効果がない。だから、下手な合成写真の方が、いいんだよ」

と、西本は、いった。

「それで、うまくいくの？」

千沙は、半信半疑で、きく。

「直接の効果はないが、西方を、あわてさせ、同時に、安心もさせないんだ」

「よくわからないけど」

「君が、去年の十月一日に撮ったホンモノの写真とネガを、西方は、後生大事に持ってると思われるんだ。更に、それを捨てられなくさせてやりたいんだよ。だから、わざと、下手な合成写真を送りつけ、ゆすってやれば、なおさら、西方に、君のホンモノの写真を、大事にさせてやりたいんだよ」

と、西本は、いった。

「上手くいくの？」

「いかせるさ」

と、西本は、いった。

写真は、簡単に出来あがった。

それにつける手紙は、西本が書いた。


〈私は、にし茶屋街で働いている人間です。いわゆる男衆です。

茶屋街で、男は、女性たちの附属品みたいなもので、恵まれていません。

それで、いつも、金儲けのチャンスはないものかと、思っていました。

それが、急に、チャンスがやってきたのです。去年の十月一日の夜、お茶屋中川の再開があって、頼まれて、撮った写真に、あなたが、写っていたんですよ。あなたは、確かこの夜、にし茶屋街の近くで、近藤というお金持を殺した疑いで、警察に調べられていましたね。その時、あなたは、東京にいたといっていたけど、私の写真に、ちゃんと、写っているんですよ。

私は、これを警察へ送ってもいいんですが、感謝状を貰えるくらいで、一円にもならない。

そこで、あなたに買って貰いたい。ネガと共に、百万円で、どうですか？　刑務所で、一生暮らすことを考えれば、安いものでしょう。

もし、百万円出す決心がついたら、金沢の新聞に『息子へ、話はわかった。父より』という三行広告をのせること。

一週間以内に、回答して下さい。

S・E〉

封筒に、この手紙と、写真を、入れて、西本は、東京の西方広太郎に送りつけることにした。

「これで、どうなるの？」

と、千沙が、きいた。

「うまくいけば、お姉さんの仇が討てて、その上、君は、待望の写真集が、出せることになる」

と、西本は、いった。

第七章　手さぐり

1

五日後、金沢タイムスに、次の三行広告が、のった。

〈息子へ、話はわかった。父より〉

それを発見して、千沙が、小躍りした。

「のってるわ。西方が、返事をしたのよ」

と、西本に、いった。

西本は、逆に、首をひねった。

「おかしいな」

「何がおかしいの？　西方が、これで、私たちに、口止料の百万円を払ったら、犯行を自白したようなものでしょう？」

「だから、おかしいんだ。西方は、君が作った、あの精巧な写真を見ても、平気だったんだよ。それなのに、もっと、ズサンな出来の写真を見て、どうして百万円を払う気になったのか、それが、不思議なんだよ」

「きっと、こっちの写真の方が、去年十月一日の夜の真実に近かったんじゃないかしら？　写真そのものは、ザツだとしても」

「しかしね。ボクたちは、CGを使って、これはというものを作ったのに、西方は、食いついて来なかった。それは、君が、小倉編集部長に渡し、西方に奪われたホンモノのネガと写真を、西方が、まだ、処分せずに持っていて、それと比較するから、君の作った写真が、ニセモノだとわかってしまい、西方は、平気でいるんだと考えていたんだ」

「ええ」

「それなら、今回、ボクたちが送りつけた写真だって、一年前の十月一日夜に撮ったものではなく、今、作ったものだと、すぐわかった筈なんだよ。それなのに、なぜ、今回、こちらの要求を受け入れたのか、それが、不審なんだよ」

と、西本は、いった。

「それは、こういうことじゃないの。西方は、喫茶店に飾ったあの写真に、脅威を感じて、人を傭って調べたけど、ニセモノとわかって、ほっとしたのね。なぜ、ニセモノとわかったかといえば、西本さんがいうように、私のネガと写真を、持っていて、それと比べたからだと思う。ただ、西方は、それで、ほっとして、私のネガと写真を、処分してしまったんじゃないかしら。あのネガと写真を持っていることは、危険だから」

「それで？」

「西方は、もう、これで、安心だと思っていた。そんな時に、また、写真が送られて来て、百万円を要求されて、あわてたんじゃないかしら。肝心のネガと写真は、処分してしまったから、比較しようがなくなってしまったんだと思う。また、ニセモノだと思っても、比較するものがないから、ホンモノかも知れない。もし、ホンモノなら、命取りになる。それで、金を払って、ネガと写真を取り上げようと、考えたのかも知れない。私は、そんな風に、思うんだけど」

と、千沙は、いう。

「確かに、君の考えが、当っているかも知れないな」

と、西本も、肯いた。

「もし、当っていれば、犯人逮捕のチャンスだわ」

千沙は、眼を輝かせた。

確かに、その通りだった。

そこで、西方広太郎に、返事を書くことにした。

〈あなたの広告を見ました。

賢明な対応だと思いますよ。私も、一刻も早く百万円が欲しい。

来週の日曜日。午後三時に、金沢の兼六園の中の茶店「けんろく」に、百万円を持参して下さい。

必ず、一人で来ること。もし、一人で来ないときは、この取引きは、中止し、写真は、警察に届けます。

「けんろく」に来たら、レジで、S・Eさんは、来ているかと、聞いて下さい。それで、わかります。

では、楽しい取引きが、出来ますように。

S・E〉

「西方本人が、来るかしら？」

千沙が、封筒に、切手を貼りながら、きいた。

「本人が来れば、一番いいが、用心深い男だから、人を傭って、その人間に、百万円持たせるだろうね」

「その時は、どうしたらいいの？」

「二つの方法がある。あくまで、本人が、来いと、突き放してしまう方法と、もう一つは、百万円を受け取って、西方が、百万円を払ったという事実を、作る方法だ」

「どちらがいいと思います？」

「どちらにも、弱味がある」

「ええ。わかってます。この写真は、所詮、ニセモノだから、西方を、本当に追いつめる力は、ないということでしょう？」

「だから、本人以外にネガと写真は、渡さないといって、突き放すのもいいが、それで、西方が、引いてしまったら、それで終りなんだ」

「ええ」

「だから、西方の気持を、つないでおきたいんだ」

「わかります」

「だから、代理人が、やって来ても、ネガと写真を引きかえに、百万円を受け取っておく」

「でも、そうすると、もう、西方を脅す手段が、失くなってしまうわ」

「だから、コピーは、沢山とっておく。そして、また、そのコピーで、西方を脅すんだ。また、お金が必要になったから、今度は、二百万円欲しいといってね。どんどん、金額を増やしていく」

と、西本は、いった。

「それで、どうなるの？」

「これからは、ボクたちと、西方の根比べになるんだ。折りに触れて、金をよこさなければ、写真を、警察に渡すと、脅す。それに、西方が、我慢しきれなくなるのを待つ」

「ええ」

「西方という男は、本気で、口封じに、人を殺す人間だ」

「ええ。姉も、それで、殺されたんだわ」

「ボクとしては、危険だが、そこへ持って行きたいんだよ」

と、西本は、いった。

千沙は、少しばかり、青ざめた顔になって、

「つまり、西方が、脅迫者の私を、殺しに来るのを待つわけね」

「いや、ボクたちだ。しかし、一方で、ボクとしては、君を、危険にさらしたくはない。

だから、君が、やりたくないというのなら――」

「いいえ。やります。何としても、姉の仇を討ちたいんです。それに、小倉さんの仇も」

と、千沙は、いった。

「その覚悟があるのなら、第二の方法をとりましょう」

と、西本は、いった。

問題の手紙は、速達で、投函した。

あとは、西方の反応を待つだけだった。

2

ネガは、焼き増しして、何枚もコピーを作った。

次の週の日曜日。二人は変装して、出かけることにした。

刑事の西本と、酒井由美の妹の千沙と、わかっては困るからである。

兼六園は、いつもの通り、観光客で、賑っていた。

入口近くには、売店や、土産物店が、並んでいる。

その一軒「けんろく」に、二人は、約束の時間の十五分前に、入った。

レジに、話をしておいて、二人は、店の奥に腰を下した。

茶菓子を注文して、じっと、待つことになった。

約束の三時になると、背の高い三十歳前後の男が、入って来た。

レジで、何か話してから、二人の方に向って歩いて来て、その前に腰を下した。

「S・Eさんだね?」

と、男は、二人に向って、聞いた。

「そうだ」

と、西本が、肯く。

「あなたは?」

と、横から、千沙が、男に、きいた。

「西方広太郎のお使いの方?」

「そうだ」

と、男が、肯く。

「百万円は、持って来たか?」

西本が、きいた。

「ああ、持って来た。写真のネガは?」

「ここにあります」

千沙は、封筒を取り出して、相手に見せた。

男は、ネガを封筒から出して、じっと、すかして見てから、

「確かに」

「百万円は？」

と、西本。

「ここにある」

と、男は、茶封筒を出し、中の百万円を見せた。

「じゃあ、交換しよう」

と、男は、いい、それを、テーブルの上に置いた。

西本が、その百万円入りの封筒を、つかんだ時だった。

まわりのテーブルにいた、観光客らしき人間が、テーブルを、蹴倒す勢いで、一斉に、二人に向って、飛びかかって来た。

西本は、辛《かろ》うじて、一人を投げ飛ばしたが、大勢に折り重なられて、たちまち、組み伏せられてしまった。

その中の一人が、

った。

「恐喝容疑で、逮捕する！」

と、叫んだ。

「間違いだ！」

と、西本は、叫んだが、千沙もろとも、手錠をかけられ、パトカーで、連行されてしま

った。

警察署に着くと、一人ずつ、尋問されることになった。

西本の尋問に当ったのは、五十歳くらいの、鈴木《すずき》という刑事だった。

大声で、「恐喝容疑で、逮捕する！」と、叫んだ刑事である。

西本は、まず、警察手帳を見せた。

「私は、警視庁捜査一課の刑事だ」

と、いった。

しかし、鈴木は、顔色も変えず、

「どうやら、ホンモノらしいな」

「当り前だ、警視庁に照会してくれればわかる」

「もちろん照会するが、現職の刑事が、なぜ、女と組んで、恐喝に走ったんだ？　そんな

に、金が欲しかったのかね？」

「あれは、芝居だったんだ」

「芝居？　百万円は、ホンモノだぞ。君は、それを受け取っている。その瞬間は、写真に撮ってあるんだ」

「だから、あれは、殺人犯を、あぶり出すための芝居なんだよ」

「何の芝居だね？」

「相手の男が、何者か、調べたのか？」

と、西本は、きいた。

「ああ。向うさんは、ちゃんと話してくれたよ。東京の西方広太郎という大学の先生に頼まれて、君たちに会いに来たといっている。名前は、川地《かわち》さんといって、西方先生の友人だ」

「その西方広太郎は、殺人犯なんだ。金沢で、一度、殺人容疑で、調査したことがあったろう？」

「それは、知っている。しかし、あの事件は、事故死で、決着がついているんだ。君たちは、あの事件を知って、それをネタにして、西方先生を、ゆすったということだな。刑事にあるまじき行為だ。これで、ますます、警察の威信が、低下してしまうじゃないか」

鈴木は、腹立たしげに、西本を睨んだ。

西本は、首をすくめて、

「とにかく、東京に電話して、私の上司の十津川警部に、問い合せてくれれば、すぐわかるよ」

と、いった。

しかし、なかなか、西本と、千沙は、釈放されなかった。

翌日になって、亀井刑事が、駆けつけて、やっと、釈放されることになった。

三人は、例の喫茶店で、落ち着いた。

「おさわがせして、申しわけありませんでした」

と、西本は、頭を下げた。

「十津川警部も、やり過ぎないように、注意していた筈だぞ」

亀井が、叱った。

「それを、心しておけば、良かったんですが、功にはやってしまいました。それに、西方広太郎に、まんまと、欺されました」

「欺されたというのは、どういうことだ?」

と、亀井が、きく。

「あの写真を、百万円で、買うといってきたので、てっきり、西方が、弱味を見せたと思い、そこに、つけ込んで、西方を、自白に持ち込んでやろうと考えたんです。最後には、口止めに、私を殺そうとすれば、それをチャンスに、逮捕に持って行こうと思ったんです」

西本がいうと、亀井は、笑って、

「西方は、笑っていたのさ。からかってやろうと思ったんだろうな。それに、君と、千沙さんを、うるさい連中だなと、思っていて、この際、お灸をすえてやろうと思ったんじゃないかな」

と、亀井は、いった。

「畜生!」

と、西本は、唇を嚙んだ。

犯人の西方に、いいように、あしらわれたのが、口惜しかったのだ。

千沙も、固い表情で、

「何とか、ならないんですか?」

と、亀井を、見つめた。

「今のところ、打つ手はないね」

「でも、西方という男は、今までに、何人もの人間を、殺しているんでしょう? 私の姉も含めて」

「全部で、四人だ」

「それでも、どうにも出来ないんですか？」

「去年十月一日の近藤武彦の件は、アリバイが成立し、事故死になってしまっている。東京の殺しは、犯人不明。この金沢で、酒井由美さんの死は、自動車事故になってしまっている。多摩川の、殺人も、西方の犯行とする決め手がない」

と、亀井が、いった。

「でも、状況証拠は、まっ黒じゃありませんか」

西本が、いった。

亀井は、笑って、

「状況証拠を二倍しても、イコール、決定的証拠にはならないんだよ。十津川警部だって、犯人は、西方広太郎だと、思っているんだ。だが、今のままでは、逮捕状は、とれない」

「どうしたら、西方を、逮捕できるんですか。教えて下さい。何としてでも、姉の仇を討ちたいんです」

と、千沙が、いった。

「西方が、自白するか、決定的な証拠をつかむかしかないな」

亀井は、いった。

「まだるっこしいわ」

と、千沙は、いった。

「だが、捜査は、そういうものなんだ。もちろん、一発必中みたいな、爆弾が見つかれば、いいがね」

と、亀井は、いった。

3

西本と千沙の二人で、仕組んだ芝居に、西方広太郎が、引っかからず、失敗に帰したことで、警察の捜査は、地味な方法に、移さざるを得なくなった。

十津川が、標的にしたのは、東京で、編集部長の小倉を射殺した犯人の捜査だった。

直接、西方に迫る方法が見つからないので、間接的に近づこうというわけである。

十津川は、捜査四課に、協力を求めた。

小倉を射殺し、しかも、ゆうゆうと、酒井千沙の写真とネガを奪って立ち去った犯人は、その道のプロとしか、考えられなかった。

この事件が、起きた時から、十津川は、暴力団の線を追ってはいたのだが、具体的な容疑者の名前が、浮んで来なかったのである。

四課の中村《なかむら》警部と、十津川が話したのは、暴力団のK組のことだった。

「小倉編集部長が、射殺された瞬間は、何人もの人間が、目撃していて、犯人の似顔絵も出来ている。その顔が、K組の元幹部の矢代伍郎に似ているという話があるんだ」

と、十津川は、中村に、いった。

中村は、肯いて、

「聞いているよ。おれも、確かに、矢代伍郎に似ていると思うが、確証はないんだろう？あれば、当然今頃、逮捕しているだろうからね」

「そうなんだ。似てないという人もいるしね」

「それに、こういっては悪いが、君たちの捜査も、他の方向に向いていたんじゃないのか」

と、中村は、皮肉をいった。

十津川は、苦笑して、

「この事件のあと、西方広太郎の周辺で、次々に、殺人事件が、起きてね。どうしても、西方が、直接手を下したと思われる事件の方に、力が入ってしまうんだよ。一発で、西方を逮捕できるからね」

「そのルートが、駄目になってしまったのか？」

と、中村が、きく。

「今のところ、壁にぶつかってしまっている」

「手強い相手らしいな」

「ああ。手強い大学の先生だよ」

「君のいったK組元幹部の矢代だが、今、K組にいないんだ。それは、君にいったと思うんだが」

と、中村は、いう。

「それは、聞いたよ。破門になっているんだろう？」

「そうだ。K組では、そういっている」

「それについて、君の考えを聞きたいんだ。本当に、矢代は、K組を破門されたのか、それとも、形式上の破門なのか、それを聞きたいんだよ」

と、十津川は、いった。

中村は、十津川の顔を見ながら、

「君がいいたいのは、矢代という男が、小倉編集部長殺しの犯人だとして、彼の個人的な思惑で、殺人をしたのか、それとも、K組の組長の命令で、矢代が、編集部長をやったのかということだろう？　組長が、誰かに頼まれてだ」

「その通りだが」

「おれは、最初、組長の命令で、矢代が殺《や》ったんじゃないかと思っていたんだ。その裏で、大きな金が動いたんじゃないかとね。それなら、矢代の破門も、形式的なことになってくるんだ」

「それで？」

「そのあと、君が、西方広太郎という名前を、教えてくれた。それで、この西方という男と、K組の組長との関係を調べてみたんだが、これが、はっきりしない。その上、最近になって、K組が、必死になって、矢代を探しているようなんだ」

と中村は、いった。

「矢代が、行方不明になっているのか？」

十津川が、驚いて、きいた。

「そうなんだよ。それで、おれは、こう考えた。小倉殺しは、K組の組長の命令で行われたのではなく、矢代が、勝手にやったことではないのかとね。つまり、破門は、ホンモノだったと見ている」

　中村が、いう。

「矢代が誰かから、金を貰って、K組とは無関係に、小倉を殺したということか？」

「そう思わざるを得なくなっているんだ」

「それで、最近、K組が、矢代を探しているというのは、どういうことなんだ？」

　と、十津川が、きいた。

「K組の人間に、探りを入れているんだが、これが、はっきりしないんだ。ただ、K組が、必死で、矢代を探していることは、間違いないよ」

「矢代というのは、どんな男なんだ？　K組の元幹部というのは、君に教えて貰ったが――」

「幹部といっても、K組では、外様《とざま》なんだ。K組がN組と抗争したとき、N組から、K組に寝返った男でね。それに、これは、最近わかったことだが、金遣いが荒くて、かなりの借金があったらしい。その両方の理由から、西方という男から金を貰って、小倉を殺したんじゃないのかな」

　中村が、いった。

「君の方で、矢代の居所が、わからないか？」

「調べてみるが、K組を破門されたとなると、組の方から情報が入らないからな」

「まさか、K組が、矢代を消してしまうようなことはないだろうね」

「それは、K組が、矢代を探している理由によるんだ。組の存亡にかかわることだったら、矢代は、消されてしまうかも知れないと思うね」

と、中村は、いった。

4

十津川も、その日の捜査会議で、矢代伍郎の行方を探すことを、刑事たちに、指示した。

「矢代を捕えて、西方広太郎に頼まれて、小倉編集部長を殺したという自供をとりたいのです。まどろっこしい方法ですが、今のところ、他に方法が見つかりません」

十津川が、三上刑事部長に向って、珍しく、弱気ない方をした。

「金沢の件はどうなんだ？　酒井千沙の姉が、車にはねられて死んだろう。あれも、本当は、西方広太郎に頼まれ、金を貰って、やったことじゃないのかね？」

と、三上が、きいた。

「私は、そう思っています」

「じゃあ、何処にいるかわからない矢代を探し出すより、事故を起した犯人に、訊問し直して、本当は、西方広太郎に頼まれて、酒井由美を事故死させたと自供させた方が、手っ取り早いんじゃないのかね？」

と、三上が、きいた。

「それは、私も考えましたが、何しろ、酒井由美の件は、向うの県警が、調べて、過失致死と、決定してしまったことです。ですから、もう一度、捜査し直してくれというのは、難しいと思います。それに――」

「それに何だ？」

「すでに、起訴され、過失致死で、二年の判決を受けてしまっていますから、再捜査は、無理だと思っています」

と、十津川は、いった。

「一事不再理の原則か」

「そうです」

「それじゃあ、矢代が、見つかる可能性はあるのか？　それに、見つかったとして、彼が、小倉殺しの犯人だと証明できそうなのか？」

三上が、きく。

「わかりませんが、今のところ、矢代を見つけるのが、一番、事件解決に近い感じがするのです」

と、十津川は、いった。

刑事たちは、矢代の女性関係や、家族関係を調べたが、なかなか、見つからなかった。

ただ、戻って来て報告する刑事たちは、異口同音に、

「なぜかわかりませんが、K組の連中も、矢代を探しています」

と、十津川に、いった。

四課の中村が、いったことは、間違いではなかったのだ。

それから、二日して、中村が、十津川に電話してきた。

「K組が、矢代を探している理由が、わかりかけてきたよ」

と、中村は、いった。

「どうしてなんだ？」

「田辺守《たなべまもる》が、動いている」

「田辺って、何者なんだ？」

「大物総会屋だ。K組の組長とも親しい」

と、中村が、いった。

「それだけじゃあ、よく、わからないな」

「田辺は、金沢の生れだ」

「ふーん」

「それに、年齢は五十一歳だ」

「西方広太郎と、同じ歳か」

「もう一つ、二人は、同じ大学を出ている」

と、中村は、いった。

「なるほど、面白いな」

「だから、西方は、田辺に頼んだのかも知れないな。小倉編集部長の殺しと、ネガの奪取をだよ」

と、中村は、いった。

「そして、田辺から、矢代へか?」

「田辺は、K組と親しいから、当然、組幹部だった矢代とも、親しくしていたと思うよ。それに、矢代が、組の中で浮いていて、金を欲しがっていたこともね」

と、中村は、いった。

「そこまでは、何となくわかるが、その総会屋の田辺が、なぜ、今になって、矢代を探しているんだ？」

十津川が、きいた。

「これは、あくまで、おれの勝手な想像なんだがね。今いったように、西方広太郎が、田辺に頼み、田辺が、矢代に、小倉を殺させた。この間に、かなりの金が動いた筈だ」

「それは、わかる」

「矢代は、あっさりと、小倉を射殺した。そのあと、彼は、金を貰って、姿を消した」

「ああ」

「ところが、矢代は、金にだらしのない男だ」

「わかった」

と、十津川は、肯いて、

「逃走中に、バクチで金をなくしてしまって、西方広太郎をゆすったんじゃないのか。それで、西方は、田辺に泣きついた。田辺にしたら、面目丸潰れだから、K組の組長に、何とかしてくれと、いったんじゃないか。そういうことだろう？」

と、いった。

「そうだと思っている。K組としては、田辺から、日頃、金を貰ってるんじゃないかな。

まあ、総会屋の仕事を手伝ってね。いくら、今は、破門した人間だといっても、田辺に頼まれたら、何とかしなければならないと、思ったんだろうな。それで、今、必死になって、矢代を探しているんだと思うね」

「見つけたら、殺すか？」

「殺すかも知れないし、海外へ高飛びさせるかも知れない。君たちも、今、矢代を探しているんだろう？」

と、中村は、きいた。

「ああ。時々、K組の組員とぶつかるといっているよ」

「だとすると、矢代は、消される可能性があるな。警察に捕って、禍根を残すよりは、永久に黙って貰おうと思うだろうからね」

中村は、そんなことを、いった。

「矢代の方は、どう思っているだろう？」

と、十津川は、きいた。

「先日もいったが、矢代は、組同士の抗争の時、自分の組を裏切っているんだ。こういう人間は、まわりの動きに、狐みたいに敏感なものだよ。だから、何とか早く、金を手に入れて、高飛びすることを考えていると思うね」

「高飛びというと、海外逃亡か？」

「そう思う。矢代は、二十代の時、殺人を犯して、東南アジアに逃げたことがあるんだ。その時は、結局、帰国して、自首したんだがね」

「今回の話だが、矢代が、金を手に入れる方法としては、西方広太郎をゆするしか方法はないわけだな。Ｋ組や、田辺が、出す筈がないからね」

十津川が、いうと、中村は、

「もう一つあるよ」

「どんなルートだ？」

「矢代は、拳銃を持っている筈だ」

「ああ、小倉編集部長を射殺するのに使った拳銃だろう。それが、どうかしたのか？」

「追い詰められたら、それを、金を手に入れるために、使うかも知れない」

と、中村は、いった。

十津川の表情が険しくなった。

「その可能性もあるか」

「ああ。狐が、狼になることもあるからね」

と、中村は、いった。

十津川は、刑事たちに、矢代の写真を持たせ、用心するように、いった。

「矢代は、何とかして、西方に接触して、金を手に入れようとするだろう。だから、西方の周辺を探してくれ。西方を見張っていれば、矢代が、見つかるかも知れないからな。ただ、矢代は、拳銃を所持していると、見なければならないから、十分、用心して欲しい」

刑事たちは、全員が、拳銃を携帯して、二人一組で、動くことを決めた。

それに、随時、連絡してくることも、十津川は、命令した。

西方広太郎は、いつもと変らず、自宅から、車で、大学に向い、また、テレビ出演なども、こなしていた。

「ただ、いつも、影みたいに、K組の連中が、西方についています」

と、西本が、十津川に連絡してきた。

「彼等も、矢代が、西方広太郎をゆすって、金を受け取りに現われるのを待っているんだと思いますね」

と、日下が、いった。

K組にしてみれば、面子がかかっているのかも知れない。

「自宅の近くにも、車が、停っています」

と、連絡してきたのは、三田村だった。

「K組の車か？」

「そうだと思います。明らかに、西方を守っているんです」

三田村とコンビを組んでいる北条早苗が、いった。

西方が教えている大学の正門近くでも、K組の組員の乗った車が、停っていると、田中と、片山の二人の刑事が、連絡してきた。

「車に乗っているのは、四人で、双眼鏡で、見たり、携帯で、何処かへ連絡しています」

と、田中は、いった。

「矢代が、現われたら、たちまち、ハチの巣にされてしまいますね」

亀井が、東京都の地図を見ながら、いった。

「矢代は、死なせたくない。うまくいけば、西方広太郎に頼まれて、小倉編集部長を射殺し、問題のネガを奪ったという、自供を得られるかも知れないからね」

と、十津川は、いった。

「矢代は、もう、西方広太郎に、電話で、連絡してきているかも知れませんね。金のことをです」

「それは、あり得るな。だから、急に、K組の車が、増えたのかも知れないからね」

十津川は、緊張した顔になっていた。

Ｋ組の連中は、何とかして、矢代の口を塞ごうとするだろう。

十津川としては、逆に、何とかして、無事に、矢代を逮捕したいのだ。

（彼が、現われた瞬間がカギだな）

と、十津川は、思っていた。

5

破産した大手機械メーカーの土地五千坪が、宗教団体ＳＮに売却されたのは、一ヶ月前である。

雑草が生い茂り、ところどころに、産業廃棄物が、勝手に捨てられていたのだが、巨大なブルドーザーや掘削機が、何台も注ぎ込まれた。

五千坪の土地には、ＳＮの修行センターが、建設されることに、決ったからである。

場所は、富士《ふじ》の裾野だった。

産廃は、取り除かれ、大地は、掘り起こされた。

しかし、突然、事件が、発生してしまった。

一台の掘削機が、地中から、錆びついたドラム缶を、掘り出したのである。

そのドラム缶の中には、コンクリートが、詰っていた。

それだけなら問題はなかったのだが、そのコンクリートの一部が、砕けて、人間の足先が、顔を出していたのだ。

工事は、中止され、警察が、通報で、やってきた。

コンクリートの塊は、慎重に、砕かれて行き、その中から、二つ折りにされた人間の身体が出てきた。

中年の男で、服を着たまま、コンクリート詰めにされていたのだ。

警官の一人が、その死体の顔に、見覚えがあった。今、捜査一課が、必死で探しているK組元幹部の矢代伍郎だといい、すぐ、それが、捜査一課に連絡された。

十津川たちが、現場に急行した。

どの顔も、元気がなかった。

矢代を、どちらが先に見つけるか、それは、十津川たちと、K組の、いや、西方広太郎との競争だったからである。

その競争に、敗北したという思いが、十津川たち刑事の胸にあったからだった。

十津川たちが着いた時、すでに、コンクリートは砕かれ、矢代の死体は、ゴムシートの上に横たえられていた。

検視官が、死体を調べる。

「コンクリート詰めにされる前に、もう死んでいたね」

と、検視官は、十津川に、いった。

「じゃあ、死因は、何なんだ？」

と、十津川は、きいた。

「肋骨は、ほとんど、全部、折れてしまっているね。それに、片眼も潰れている」

「殴られたのか？」

「めちゃくちゃに、殴られたんだろう。多分、鉄棒か、金属バットで、殴られたんだと思うね」

と、検視官は、いう。

「ひどいな」

「まあ、リンチだね」

「拷問かも知れない」

と、十津川は、いってから、

「殺されたのは、いつ頃だと思う？」

「二日か、三日前かな。司法解剖すれば、正確な時間は、わかる」

「参ったな」

と、十津川は、呟いた。

これで、最後の手段も失ってしまったと、思ったからである。

矢代を殺した犯人は、見つかるかも知れない。いや、ひょっとすれば、犯人は、自首してくるかも知れない。

その犯人は、多分、K組を追放されたチンピラで、殺人の動機は、酔ってケンカになり、かっとして殺してしまったといったところだろう。

西方広太郎とは、絶対に、結びつかないに決っている。

十津川は、周囲を見回した。

五千坪の中には、機械メーカーの工場が、並んでいる場所がある。

窓ガラスは、割れ、スレートの屋根のところどころが、こわれて、大きな穴があいている。

中の機械は、売払われてしまっている。

殺人現場の方は、社員のために、芝生がはられていたり、プールがあったり、ミニゴルフコースが作られていた場所である。

そこは、掘削機によって掘り起こされていたのだが、コンクリート詰めの死体まで、一緒に、掘り出してしまったのである。

「まだ、手がかりは、残っていますよ」

と、亀井が、傍に来て、いった。

「何処にだ？　矢代の口は、塞がれてしまったんだよ」

十津川は、ぶぜんとした顔で、いった。

「矢代は、拷問されていたそうじゃありませんか」

と、亀井が、いった。

「ああ。すさまじいリンチを受けたらしい。肋骨が、全部折れているらしいからね」

「つまり、殺した奴は、何かを、聞き出そうとしていたんだと思います」

「かも知れないが――」

十津川は、考え込み、煙草に火をつけた。

亀井のいおうとしていることが、わかってくる。

「矢代という男は、相当したたかな男だと思いますね」

と、亀井が、いう。

「カメさんのいいたいことが、わかってきたよ。矢代は、金に困って、西方広太郎を、ゆすっていた」

「ええ」

「だが、ただ、小倉編集部長殺しについて、西方に頼まれたことを、警察にいうぞというだけでは、西方が、否定してしまえば、殺人を頼んだ、頼まないの水かけ論になってしまう」

「そうです」

「だから、矢代は、西方をゆすれるだけのものを持っていたということになる。カメさんのいいたいのは、そのことだろう？」

「そうです。それを取り上げようとして、矢代は、拷問されたんじゃありませんかね」

と、亀井は、いった。

「それは、何だと思うかね？」

と、十津川が、きく。

「それを、ずっと、考えているんです。西方が、矢代に、殺人を依頼する手紙か、電話の録音テープだろうか？　いや、西方が、そんなものを、残しておく筈はありません」

「そうだな。もっと、用心深く行動する筈だ」

「としますと、例のネガしか考えられません」

と、亀井は、いった。

「しかし、ヤクザというのは、ある面で、律義だからね。ネガは、約束通り、西方に渡したと思うね。渡してなければ、とっくの昔に、大さわぎになっている筈だ」

と、十津川は、いった。

6

「私も、矢代は、金と引きかえに、問題のネガを渡したと思います。それをしていなければ、彼は、とっくに殺されている筈です。しかし、それでは、一度しか、西方から、金を取れない。矢代は、抜け目のない男ですから、いざとなったら、何回でも、西方から、金を巻きあげる方法を、手に入れておいたんだと思いますね」

「ネガを、DPEして、写真として、持っていたということか?」

「全部のネガを、プリントしたとは、思いません。ネガの中から、西方広太郎が、写っている分だけ、プリントして、写真として、持っていたんだと思います」

「その写真を、ゆすりに、使おうとしたか」

「だと思います」

「しかし、その写真が、今、何処にあるかが、問題だよ。犯人たちに、奪われて、処分されてしまっていたら、お手あげだからね」

と、十津川は、いった。

「矢代は、拷問されていたわけです」

「そうだ」

「もし、問題の写真を、彼が身につけていたのなら、すぐ、犯人は、それを取りあげ、拷問を続ける必要はない筈です」

と、亀井は、いった。

「カメさんは、問題の写真は、まだ、犯人たちの手に渡っていないと、思うわけだね？」

「そうです。多分に、希望的観測が、含まれていますが」

と、亀井は、いった。

「ちょっと待ってくれ」

と、十津川は、亀井を制して、宙に眼をやった。

そのあと、彼は、掘削機の運転手と、現場監督を、呼んだ。

「ここは、ずいぶん深く掘ってますが、何メートルくらい、掘ったんですか？」

と、十津川は、きいた。

「五・五メートルかな」

と、運転手が、いった。

「何メートルまで、掘るつもりだったんですか？」

と、きくと、現場監督が、

「東海《とうかい》地震が想定されるので、施主は、少くとも、七メートルは、掘って、そこに、コンクリートを流し込み、地震にびくともしない建物を造りたいと、いってるんですよ」

と、いった。

だから、あと、二メートルは、掘るつもりだったという。

「普通は、そんなに深く掘らないでしょう？」

と、十津川は、きいた。

監督は、笑って、

「採算が合いませんからねえ。せいぜい、二メートルくらいのものでしょう」

と、いった。

「何を調べておられるんです？」

亀井が、我慢しきれなくなったという顔で、十津川に、きいた。

「まさか、この辺に、別荘を建てるつもりじゃないでしょうね？」

「そんな余裕はないよ」

と、十津川は、笑ってから、

「犯人は、五・五メートルも、深い穴を掘って、いるんだよ」

「その上、ドラム缶に入れ、コンクリートで、固めています」

と、亀井が、いう。

「なぜ、そんなことをしたんだろう？」

「それは、死体を発見されたくなかったからだと思いますが」

「いいかね。矢代は、いわば、掟を破ったんだ。K組の組長としてみれば、仁義を守らない奴だったんだよ」

「そうですね」

「それなら、殺して、死体を、さらしておいた方が、いいんじゃないか。見せしめになるし、心配している西方に対して、ちゃんと、口を塞ぎましたよという証明になる」

「ええ。確かに」

「それなのに、犯人は、暴行の上、矢代を殺したあと、ドラム缶に、コンクリート詰めにし、五・五メートルも掘って、埋めてしまった。もし、ここで、工事が始まらなければ、永久に、見つからなかったかも知れない。なぜ、そんなことをしたのか？」

「今も、私がいったように、犯人は、矢代の死体を、絶対に、見つからないように、したかったんでしょう。他に考えようがありません」

と、亀井は、いった。

「そうだよ。死体が、見つかるのを、恐れたんだ」

と、十津川は、いった。

「と、いうことは、矢代が、死んだことが、わかっては、困るということですね」

「そうなんだよ」

十津川は、大きく、肯いた。

「ひょっとすると」

「そのとおりだと思う。矢代は、保険をかけておいたんだよ。自分が、死んだら、証拠の品が、マスコミに行くか、警察に届くかということにしてあったんじゃないか。犯人も、それを知って、矢代の死を、隠そうとしたんだと、私は思うんだがね」

と、十津川は、いった。

「じゃあ、それに、賭けてみようじゃありませんか」

と、亀井は、いった。

十津川は、三上刑事部長の許可をとって、すぐさま、記者会見を開き、矢代伍郎が、殺され、死体となって発見されたことを、発表した。

「矢代は、東京四谷で起きた小倉編集部長殺人事件の容疑者として、われわれが、追っていた人物です」

と、十津川は、いい、事件全体についても、詳しく説明した。

「去年の十月一日に、金沢で、事件が、発生しています。その容疑者を、Aとしましょう。このAには、当日のアリバイが、ありました。そのため、Aは、容疑の圏外に出てしまったのです。ところが、十月一日の夜に、Aが、金沢にいたという写真が、偶然、見つかったのです。そのネガを、小倉編集部長が、事件の関係と知らずに、写真集の中に加えて出版しようとしたのです。あわてたAは、K組元幹部だった矢代に頼んで、四谷で、小倉編集部長を射殺させ、ネガを奪わせたわけです。われわれは、それが、わかったので、必死に、矢代を探しました。彼が見つかれば、Aの犯行を証明できると考えたからです。われわれが、矢代を探しているのを知って、Aも、あわてたと思われます。何とかして、警察より先に矢代を見つけ出し、その口を塞ごうとしたに違いありません。残念ながら、われわれは、この競争に敗れました。矢代が、死体で、発見されたからです」

十津川は、ここで、一息ついてから、言葉を続けた。

「ここで、矢代の関係者に、お願いしたいのです。彼の友人か、恋人か、親戚かは、わかりません。彼のことを、少しでも知っている人たちに、お願いするのです。何とか、犯人逮捕に、協力して頂きたいのです。どんな方法でも構いません。電話でも、メールでも手紙でも構いません。何か知っていることがあれば、ぜひ、警察に、連絡して欲しいのです。警察が、嫌なら、マスコミでも構いません。市民の義務と思って、行動して下さい」

この記者会見はすぐ、全ての新聞にのり、テレビも、放送した。

十津川は、その結果をじっと待った。

十津川の推理が、正しければ、矢代の死が、公けになれば、問題の写真が、警察か、マスコミに、届けられる筈だった。

十津川は、捜査本部の電話を空けておくように、指示し、郵便物と、パソコンのホームページを、注視するように、刑事たちに命じた。

一日たち、二日たった。

だが、期待したことは、いっこうに起きなかった。

問題の写真の入った手紙も、届かなかったし、警視庁のホームページにも、メッセージは、届かなかった。

電話も入って来ない。

新聞社、テレビ局、ラジオ局も、同じだった。どこにも、期待する連絡は、届かなかったのだ。

「どうなってるんだ?」

と、三上刑事部長は、十津川を、叱責した。

「君のいうような反応は、全く、ないじゃないか。君の判断は、間違っていたんじゃないのかね?」

「すぐ、調べてみます」

十津川は、そう答えるより仕方がなかった。

第八章　最後の闘い

1

「私は、間違いを犯しました」

十津川は、捜査会議で、三上刑事部長にいきなり、頭を下げた。

三上の方が、驚いてしまって、

「どういうことなんだ？」

「私は、殺された矢代伍郎が、自分が、殺されることを覚悟して、保険をかけていた。つまり、自分に、何かあったら、西方広太郎の有罪を証明するものが、警察か、マスコミに届くようにしてある筈だと思ったのです」

「それが、間違っていたというのかね？」

「いいえ。この予測は、今でも間違っていなかったと思います」

「しかし、死んだ矢代からのメッセージは、届かんじゃないか」

三上は、文句を、いった。

「そうなのです。なぜ、届かないかを考えました」

「それで、何か答は、見つかったのかね？」

「私の喋り過ぎが、原因だという結論になりました」

「喋り過ぎ？」

「私は、一刻も早く、それが、警察なりマスコミに届くようにしようとして、記者会見で、喋り過ぎてしまったのです。事件について喋り、矢代が、小倉編集部長を射殺して奪った写真のネガの重要さについて、話しました。そのネガをプリントした写真を持っている人に向ってです。それは、ある人間の殺人の証明なのだから、一刻も早く、警察に届けてくれとです」

「それでいいじゃないか」

と、三上は、いう。

「いえ。それが、間違いだったんです。矢代から、その写真を預っていた人間、男か女かわかりませんが、多分、矢代から、写真について、内容の説明を受けず、とにかく、おれが死んだら、それを、警察か、マスコミに送れといわれていたんだと思うのです。ところが、私の話が新聞にのったことで、写真の重要さに、気付いてしまったのではないかと思うのです」

「そうか。その写真が、金になると、気がついてしまったということなんだな?」

「そうです。人間に、欲はつきものです。私が、その欲を刺戟してしまったんです。その、男か女かわからない人間は、間違いなく、矢代に頼まれて、問題の写真を、預っていたんだと思います。ところが、今は、その写真を、西方広太郎に、売りつける気でいるんだと思っています。だから、警察に、届かないのです」

と、十津川は、いった。

「間違いないか?」

「間違いないと思っています」

「じゃあ、その人間が、危いということじゃないか?」

「そうです。それと、大事な写真が、奪われることも考えられます」

と、十津川は、いった。

「どうしたらいい?」

「今頃、電話か、FAXか、手紙を使って、西方をゆすっていると思います」

「しかし、その人間が、男か女かもわからないのでは、見つけるのが、難しいんじゃないのか」

「そうです。それで、刑事たちに、西方の周辺を見張らせています」

「それで、うまくいくのかね？」

「わかりませんが、問題の人物の正体が、わかりませんし、西方をつかまえて、ゆすられているだろうと、聞くわけにもいきません。否定するに決っていますから、それで、やむなく、西方を、見張らせています」

と、十津川は、いった。

「それで、どんな具合なんだ？」

と、三上が、きいた。

「報告では、西方は、落ち着き払っていて、動揺しているようには、見えないと、いっています」

「それでは、もう、終ってしまったんじゃないのかね？　問題の人物は、殺されてしまい、写真が、奪われ、処分されているとは、いえないのか？」

と、三上が、きく。

「それは、ありません」

「どうして、そんなことがいえるんだね？」

「K組の組員二人が、西方のまわりをうろついています。彼のボディガードをしているんだと思います。問題がすでに解決しているのなら、この二人は、姿を消す筈です」

十津川は、刑事たちの撮った写真を、三上に見せた。

二人の男が、写っていた。

「一人は、加東実《かとうみのる》。もう一人は、池内元《いけうちげん》です。池内の方は、組長の警護をやっていたことがあります」

十津川がいうと、三上は、その写真を見て、

「二人とも、拳銃を持っているのか?」

「刑事が、職務質問をした時は、所持していませんでしたが、何処かに隠しているのだと思います。加東と池内は、S組との抗争の時、自慢の拳銃を、ぶっ放しています」

と、十津川は、いった。

夜になって、西本刑事が、十津川に電話してきた。

「西方が、車で出かけます」

「行先は?」

「わかりませんが、今午後八時で、中途半端な時間です」

「例の二人は、どうしている?」

「見えません。西方の車にも、乗っていません」

「何処にいるんだ？」

「わかりません」

「私も行く」

と、十津川は、いった。

2

十津川と、亀井は、パトカーを、飛ばした。

西方の車を尾行している西本と日下から、連絡が、入ってくる。

——西方のベンツは、甲州《こうしゅう》街道を、現在、つつじが丘《おか》に入りました。

「まだ、行先は、わからないか？」

——深大寺《じんだいじ》に向っているように思います。

「例の人物が、西方を、呼び出したんでしょうか？」

と、亀井が、パトカーを運転しながら、きいた。

「多分、そうだろう」

「K組のボディガードは、何処にいるんですかね？」

「先回りしているのさ」

と、十津川は、いった。

スピードをあげて、西本たちに、追いついて行く。

――今、深大寺の境内に入りました。

と、西本が、連絡してくる。

更に、十二、三分して、

――沢田《さわだ》という料亭の前で、停りました。古い武家屋敷を移築したような造りです。西方は、車を、駐車場に入れ、携帯をかけながら、おりて来ます。

「沢田だな？」

――そうです。ここで、誰かに、会うんだと思います。

「例の相手だと思う。K組の二人は、先に来ていると思うから、注意しろ」

と、十津川は、いった。

十津川たちも、十五分後に、料亭「沢田」に着いた。

確かに、古い武家屋敷の構えである。玄関で、日下が、二人を、待っていた。

「どうだ？」

と、十津川が、きく。

日下は、この料亭のパンフレットを見せて、

「一階二階に分れていて、西方が入ったのは、二階の角《かど》の『ききょう』という部屋で、そこには、三十代の女が、先に来て、待っていたようです」

「相手は女か」

「K組の二人が、どの部屋にいるのか、わかりません。仲居に、加東と、池内の二人の顔写真を見せたんですが、見ていないというのです。来ていないのか、或いは、変装しているのかどちらかでしょう」

「西本は？」

「二階の『おみなえし』という部屋が、空いていたので、そこに入っています」

「われわれも、あがってみよう」

と、十津川は、いった。

彼は、帳場の人間に、警察手帳を見せてから、二階にあがって行った。

階段をあがって、すぐのところにある「おみなえし」に入った。

緊張した顔で、西本が、迎える。

「妙に静かだな」

と、十津川は、いった。

「そうです。二階の部屋は、ここ以外、全部、現在、客が入っているので、動けません。『ききょう』の隣り部屋に入ればいいんですが」

と、西本が、いった。

「西方広太郎と会っている女の顔を見たか？」

と、十津川が、きいた。

「見ていません。料理を運んで行った仲居の話では、三十代で、一見、水商売風だということです」

「死んだ矢代の女かも知れないな」

「一人で、西方と会うというのは、度胸がありますね」

と、亀井が、いった。

「ひょっとすると、女も、ボディガードを連れて来ているのかも知れないぞ」

十津川が、いった。

「女も、ボディガードをですか？」

「彼女が、われわれの考えている女なら、矢代が、殺されたことも知っている筈だ。K組の元幹部が、あっさり殺されたとなれば、彼女も、用心深くなっている筈だよ。或いは、矢代が、殺される前、自分の信用する男を、彼女のボディガードにつけておいたのかも知れない」

と、十津川は、いった。

「そうなると、女のボディガードが、拳銃か、ナイフを持っている可能性が、ありますね」

西本が、いった。

全員が、万一に備えて、各自、拳銃を確認する。

十津川は、襖を細目にあけて、廊下の突き当りにある「ききょう」の様子を窺《うかが》った。

いぜんとして、ひっそりと、静かである。

あの部屋で、女と、西方広太郎が、今、どんな話をしているのだろうか？

女は、きっと、写真と引きかえに、金を要求しているだろう。

今夜、西方は、その金を用意して、ここにやって来たのだろうか？

それとも、最初から、相手の口封じをしようとしているのか？

三十分ほど、たった時だった。

突然、奥から、パーンという乾いた音が、聞こえた。

明らかに、銃の発射音だった。

十津川たち四人は、一斉に、部屋から飛び出して、廊下の奥に向って、走った。

続いて、もう一発、銃声がひびいた。

十津川は、「ききょう」の間から、誰かが、廊下に飛び出してくるのを予想した。

だが、誰も、飛び出して来ない。

(おかしいな)

と、思いながら、十津川は、「ききょう」の間に近づき、いっきに、襖を開けた。

そこに、血が飛び散っている光景を想像したのだが、テーブルに並んだ料理を前に、西方一人が、腰を下していた。

西方は、ふり向いて、

「びっくりするじゃありませんか」

と、叱るように、いった。

「一緒にいた女性は？」

十津川が、きいた。

「出て行きましたよ」

と、西方は、小さく笑う。

「廊下には、出て来なかったぞ！」

亀井が、声を張りあげた。

「それが、いきなり、窓から飛び出して行ったんですよ」

「窓からだって？」

亀井は、開いている窓から庭を見下した。

暗い地面に、人が、倒れている気配があった。亀井は、眼をこらしてから、

「警部。窓の下に、人が、倒れています」

と、叫ぶ。

西本と日下の二人も、窓の下を、のぞき込む。

だが、十津川は、動かずに、

「誰か見て来てくれ」

と、いった。

若い二人の刑事が、二階から、地面に飛びおりた。

「男です！」

と、西本が、下から、怒鳴った。

十津川は、その声が聞こえなかったみたいに、テーブルの上の灰皿を見つめた。

その灰皿の上で、何かが、燃やされていた。

十津川は、手を伸ばして、灰皿を、手に取って、匂いを嗅いだ。

「ここで、写真を、燃やしましたね」

と、十津川は、西方を見すえた。

「そうですか」

と、西方は、笑う。

「死んでいます！　射たれています！」

下から、西本が、叫んでいる。

「窓の下で死んでいる男は、誰です？」

と、十津川は、きいた。

西方は、小さく、首を横にふって、

「知りませんよ。ボクは、ここにいた女性しか見ていないんですから」

「じゃあ、ここで会っていたのは、誰なんですか？」

と、十津川は、きいた。

「確か、早坂《はやさか》といっていましたね。早坂くに子《こ》だったかな？」

「何者なんです？」

「ボクの教え子だといっていましたね。何でも、人に欺されて、借金を作ってしまった。それで、何とか助けて下さいと、いってきたんですよ。ボクとしても、教え子だというので、今日、会うことにしたんですよ」

と、西方は、いう。

「それで、どうしたんですか？」

「話を聞いているうちに、突然、窓の下から、男の叫ぶ声がしたんです。そうしたら、彼女は、突然、立ち上って、窓から、飛びおりてしまったんです。びっくりしましたよ」

「女性は、なぜ、そんなとっぴな行動をとったんですかね？」

と、十津川は、きいた。

「わかりませんが、彼女は、相当怖いところからも借金をしていたようで、命の危険を感じたこともあると、いっていましたね。だから、窓の下から、怒鳴られて、そんな借金取りが、押しかけて来たと思ったんじゃありませんか。それで、あわてて、窓から飛びおりて逃げた。そんな風には、考えてみたんですがねえ」

「拳銃の発射音が聞こえたんですが、気がつきませんでしたか？」

「窓の下で、パーンという音が一回、聞こえたような気がしますが、ボクとは、関係ない」

と、西方は、いった。

「もう一度、聞きますが、灰皿で、写真を焼きませんでしたか？」

と、十津川は、きいた。

「全く、知りませんよ」

「じゃあ、これは、何を燃やしたんですかね？」

十津川は、灰皿を突きつけた。

「わかりませんよ、燃やしたのは、彼女なんだから」

と、西方は、いった。

3

西方は、両手を広げて、

「十津川さんは、拳銃が、どうとかいわれたが、ご覧のように、ボクは、拳銃を持ってないし、手に硝煙反応はありませんよ」

「この灰皿で燃やしたのは、写真じゃないんですか？」

十津川は、重ねて、きいた。

西方は、笑った。

「何回もいわせないで下さいよ。ボクは、何を焼いたのかわからないんですよ。いきなり、彼女が、何かポケットから取り出して、燃やしたんです。ボクは、きっと、借用証だろうと思ったけど、写真かも知れません。しかし、いずれにしろ、ボクとは、関係ない」

「関係ないかどうかは、捜査しなければ、わかりませんよ」

と、十津川は、いった。

「警察としては、そういわざるを得ないでしょうな。その灰皿ごと持ち帰って、気のすむまで調べられたらいいんじゃありませんか。そのあとで、また、お会いしましょう。いつでも、喜んで、出頭しますよ」

西方は、妙に明るく、いうのだ。

そのことが、十津川の神経を刺戟した。

(この男は、なぜ、こんなに陽気なのだろうか？)

ここで、西方は、自分をゆすっていた女と会った。それは間違いない。

そのあと、ここで、何があったのか？

銃声が、二回聞こえ、窓の下で、男が一人殺されていた。

そして、女は、消え、灰皿の上で、何かが、燃やされた。

燃やされたのは、多分、西方のアリバイを崩す写真で、燃やしたのは、西方だろう。自分を刑務所へ送る写真を、十津川たちが踏み込む寸前に燃やしてしまったのだから、眼の前の西方は、機嫌がいいに違いない。

拳銃を射ったのは、西方のボディガードの二人だろう。

窓の下で死んでいるのは、女が連れて来た用心棒だろうか。

「さて。そろそろ、ボクは、失礼しますよ。今、申し上げたように、下で死んでいる男は、ボクとは、何の関係もない人間なんでね。それも調べてくれたらわかりますよ」

西方は、そういって、立ち上った。

「ちょっと待ってくれませんか」

と、亀井が、止める。

西方は、眉を寄せて、

「何か、ボクに不審な点でもありますか？」

「銃声は、こちらから聞こえましたからね」

「しかし、この部屋から聞こえたわけじゃないでしょう？　よく調べてくれればわかりますが、壁にも、襖にも、弾痕などありませんよ」

「しかし――」

「とにかく、ボクも忙しいので、失礼しますよ」

と、西方は、いう。

この男は、明らかに、嘘をついていると、十津川は、思った。が、窓の下の殺人に関係しているという証拠はない。

証拠がなければ、これ以上、引き止められないだろう。

「では――」

と、いって、西方が、部屋を出て行く。

その瞬間、十津川の頭に閃いたものがあった。

「待て！」

と、突然、十津川が、叫んだ。

西方が、険しい眼で、十津川を睨んだ。

「何です？」

「あんたを逮捕する！」

「理由は？　ボクが、逮捕される何か理由があるんですか？」

「緊急逮捕。理由は、殺人容疑だ」

「何をバカなことをいってるんだ？　ボクは、この下で殺された男とは、何の関係もない！」

西方が、息まく。

「殺人容疑で、緊急逮捕。カメさん、抵抗したら、手錠をかけろ！」

と、十津川は、いった。

「あとで、後悔するぞ！」

と、西方は、声を荒らげた。

「覚悟は出来てる」

と、十津川は、いった。

4

十津川は、西方を、捜査本部に連行した。

本多《ほんだ》捜査一課長や、三上刑事部長が、心配して、

「大丈夫なのか？」

と、十津川に、きいた。

「西方広太郎は、殺人犯です」

「そんなことは、わかってる。が、証拠がなければ、どうしようもないだろう」

と、三上は、怒る。

翌日になると、京王多摩川の浅瀬に、女の死体が浮んだ。

背中から二発射たれていた。

間違いなく、深大寺の料亭で、西方と、会っていた女だった。

殺した犯人の方は、見つからない。

深大寺との間の距離を考えれば、あの料亭から逃げたが、二人の男に追いつかれて、射殺されたのだろう。

そのあと、二人の犯人は、死体を多摩川まで運んで、捨てたのだろう。

殺された女の所持品は、何も見つからなかった。犯人は、手掛りを消して逃げたということなのだ。

捜査本部に、西方の弁護士が、やって来た。すぐ、西方を釈放しろというのだ。

「では、最後に、簡単に事情聴取をしてから、お帰ししますよ」

と、十津川は、いった。

十津川は、弁護士を待たせておいて、西方を、取調室に連れて行った。

向い合って腰を下し、十津川は、コーヒーを運んで貰った。

「コーヒーを出すなんて、珍しいですね」

西方は、余裕を見せて、微笑している。

「私が、コーヒーが好きでね」

と、十津川は、いい、コーヒーカップを手に持って、立ち上った。

「あなたをゆすっていた女が、死体で、発見された」

と、西方を見下すようにして、いった。

「何のことか、わかりませんが——」

「何と引きかえに、金を払うといったんですか？」

「金なんか払いませんよ」

「じゃあ、最初から、殺す気だったということですか？」

「何をいうんだ？」

「しかし、そう考えるより、仕方が、ありませんがねえ」

十津川は、そういいながら、コーヒーカップを口に持っていったが、それを、いきなり、西方に向けて、ぶちまけた。

西方が、悲鳴をあげる。

彼の白いワイシャツは、たちまち、コーヒー色に染まっていく。

背広も、シミが出来ていく。

「カメさん！」

と、十津川が、大声で、呼んだ。

亀井が、飛び込んでくる。

「今、私が、コーヒーをかけてしまった。申しわけないので、クリーニングに出したい。着がえを用意してくれ」

と、十津川は、いった。

西方は、怒りと狼狽の入り混った顔で、

「クリーニングなんか必要ない。このまま、帰らせて貰う」

と、いって、立ち上った。

「カメさん。とにかく、着がえて貰いなさい！」

と、十津川が、叫ぶ。

亀井が、西方の背広を脱がそうとすると、

「何をするんだ！　止《や》めろ！」

と、叫んで、西方は、亀井の手を振り払った。

とたんに、十津川の声が、飛んだ。

「何か、着がえると、まずいことがあるのか！」

西方の身体が、すくんだように、硬直した。

「とにかく、帰って、風呂に入りたい」

西方は、ふるえる声で、いった。

「駄目だ。着がえて貰う！」

と、十津川は、いった。

「横暴だ！　抗議する！」

「構わないから、上衣を脱いで貰え！」

十津川がいい、亀井が、強引に、西方の上衣を脱がせてしまった。

「調べろ！」

十津川が、怒鳴る。こんな十津川は、珍しかった。

亀井は、いわれるままに、上衣のポケットを調べた。

「運転免許証に、財布、それだけですが――」

「隠しポケットがあるかも知れないぞ！」

と、また、十津川が、怒鳴る。

「あ、ありました！」

亀井が、叫ぶ。

「何が入っているか、調べろ!」

「ビニールの袋に入った写真のネガがありました」

「それを見せろ!」

と、十津川は、いった。

手に取ると、写真のネガを引き出して、かざして見た。

十津川の口元に、微笑が、浮んだ。

「これが、去年の十月一日夜の、問題の写真か」

「犯人が、写っていますか?」

亀井が、興奮した口調で、きく。

「ああ、バッチリ、写っているよ」

と、十津川は、いった。

「そんなものは、何の証拠にもならん」

と、西方は、顔を赧《あか》くしていい、

「ぼくの弁護士を呼んでくれ」

「いいだろう。これから、必要になるからな」

と、十津川は、いった。

弁護士が、入ってくると、西方は、立ち上って、小声で話し合っていた。弁護士は、

「そのネガを、西方氏が持っていたという証拠はありませんね。警察が、西方氏を罪に陥れようとして、無理矢理脱がした上衣に、入れておいたのかも知れない」

と、いった。

十津川は、笑って、

「警察が、でっちあげたとかいう種類の問題じゃないんだ。このネガ自体が、意味があるんですよ。去年の十月一日の夜、西方広太郎さんは、金沢で、殺人をやった。アリバイを主張し、おかげで、シロになったが、このネガで、そのアリバイが、完全に、崩れるんです。そのことは、西方さん自身が、一番良く知っている筈だ」

と、いった。

「何も話さない方がいい」

と、弁護士が、西方に、いった。

「どうぞ。黙秘でも、何でもして下さい」

と、十津川は、突き放すように、いった。

十津川は、手に入ったネガから、週刊誌大に引き伸ばした写真を、何枚かコピーし、そ

の中の一枚を、金沢の酒井千沙に送り、一枚を、石川県警に送った。

そのあと、十津川は、三上刑事部長に、ネガと一緒に見せた。

「これで、二つの事件が、解決します。一つは、一年前の十月一日に、金沢市内で、事件があった。その事件に、西方が、関係していることがわかります。もう一件は、今年になって、四谷で夜分、小倉という出版社の部長が射殺され、千沙の写真のネガが奪われた事件です。この射殺犯は、K組の矢代伍郎とわかりましたが、そのネガを、西方が持っていたということは、彼が、矢代に金を与えて、小倉を殺させ、ネガを奪ったことになって来ます」

「君に聞きたいことがあるんだがね」

と、三上が、いった。

「何でしょうか？」

「君は、西方広太郎が、このネガを持っていると確信して、緊急逮捕し、コーヒーを、ぶっかけたのかね？　もし、持っていなかったら、君は、誤認逮捕で、訴えられていたんだぞ」

「確信はありました」

と、十津川は、いった。

「どうして、確信できたんだ?」

「去年、十月一日の殺人事件では、西方は、最初から、親戚の資産家近藤武彦を殺すつもりではなく、政界進出の援助を頼むつもりだったのです。そのため、十月一日の夜、西方は、金沢の有名なにし茶屋街で、お茶屋から出て来る近藤武彦を待っていたわけです。その時、偶然、カメラマンの酒井千沙が、撮ったのが、この写真です。千沙は、もちろん、西方を撮るつもりはなく、茶屋街の夜景を撮っていて、そのカメラの中に、たまたま、西方が、入ってしまったわけです。つまり、この時の西方は、無防備に、にし茶屋街にいたわけです」

「それが?」

「酒井千沙の写真に入ってしまったわけですが、他の、例えば、そこにいた観光客に、撮られていたのかも知れないわけです」

「それは、わかるがね」

「西方は、たまたま、酒井千沙の撮った写真のことを知り、殺人を犯して、そのネガを手に入れました。普通なら、こんなものは、自分の命取りになるわけですから、すぐ、処分してしまう筈です。ところが、今いいましたように、西方は、その時、無防備で、にし茶屋街に立っていたわけです。ですから、他にも写真を撮られていたかも知れないわけです。それどころか、西方のことを知って、合成写真で、ニセモノを作り、ゆするかも知れません。現に、西本と千沙は、CGを使って、精巧なニセモノを作り、西方を追い詰めようとしています。西方にしてみれば、ニセモノなら、はねつければいいが、ホンモノなら、買い取るか、持主を殺さなければ、ならないわけです。しかし、西方は、その夜、被写体になっていたわけですから、第三者の視点で、ニセモノ、ホンモノの区別がつきません。唯一、見分ける物指しは、このネガしかないのです」

「それで、処分出来なかったわけだな」

三上が、肯く。

「そうです。奇妙なことに、西方にとって、命取りになるネガが、同時に、自分を守る道具だったわけです。それで、今回の事件になるのですが、殺された矢代は、自分が殺されたら、これを、警察へ届けろといって、自分の女に、このネガから引き伸ばした写真を、渡しておいたんだと思います。私のミスで、女は、その写真が金になると知って、西方を、脅迫したのです。西方にしてみれば、女のいう写真が、ニセモノか、ホンモノかわかりません。ニセモノなら、笑って無視すればいいし、ホンモノなら、金で買い取るか、口封じに殺すしかないわけです。どうやって、真贋を区別するかといえば、このネガが、頼りなわけです。だから、ゆすり相手の女に会う時は、必ず、ネガを持って行くだろうと、期待していたのです」

と、十津川は、いった。

「それで、コーヒーを、ぶっかけたのかね」

と、三上が、笑った。

「自分でも、芝居がかっているなと内心思って、照れ臭かったですよ」

と、十津川は、照れた。

石川県警からは、問題の写真を見て、事故死と、断定してしまった去年十月一日夜の近藤武彦の死を、改めて、見直し、殺人事件として、捜査をすることにしたと、連絡してきた。

酒井千沙の反応は、もっと、直截だった。

「これで、姉の仇を取れるんですか？」

5

西方広太郎が逮捕され、第一の殺人事件について、アリバイが、崩れたということがわかると、今まで強固に見えていた壁が、呆気なく、穴が、開いてしまうのを、十津川は、実感することになった。

第一に、反応したのはK組だった。

機を見るに敏感なのだ。

このままでは、殺人事件の巻き添えで、組が、危険にさらされると思ったのだろう。西方をゆすっていた女と、その男友だちを殺した二人組の動きだった。

十津川は、すぐ、海外への逃亡を図るだろうと、考えていたのだ。

K組は、過去に、カードの偽造に絡んだことがあったから、二人には、偽造パスポートを、前もって、持たせておき、殺人のあと、その足で、国外脱出を図るだろうと、思っていたのである。

それが、突然、警察に出頭してきたのである。

射殺に使った二丁の拳銃も、提出した。

「うちの組の幹部の矢代が、組長に内緒で、西方広太郎に金を貰って、小倉という素人さんを射殺した。組長が、それを知って、烈火のごとく怒りましてね。すぐ、矢代に、自首をすすめたんだ。ところが、矢代は逃げ回る。そこで、組長は、おれたちに、矢代をつかまえて来いと、命じたんだよ。おれたちは、見つけ出して、組長の言葉を伝えたが、逃げようとする。それだけじゃなくて、おれたちに、襲いかかって来たので、仕方なく、殺《や》ってしまった。いってみれば、正当防衛だと思っている」

「深大寺での殺人は？」

と、十津川は、きいた。

「矢代を始末したあと、彼の女がいてね。それが、男と組んで、西方をゆすっているという話を聞いたんだ。悪いのは、もちろん、最初に殺人を頼んだ西方だが、うちの組長は、もう、ゆすりとか、殺人は、止《や》めさせようとしたんだ。女と、西方の両方を止めさせろと、おれたちに、命じたんだ。おれたちは、二人が、深大寺で、会うと知って、止めに行ったんだが、女の方が、どうしても、いうことを聞かなくてね。仕方なく、殺してしまったが、悪いのは、西方だとわかっている」

と、二人は、いった。

「殺しも、組長に指示されたのか？」

と、十津川は、きいた。

二人は、こもごも、

「組長は、西方に自首をすすめ、女には、ゆすりを止めさせる気だったが、おれたちの力が足りなくて、こんなことになって、組長には申しわけないと思っている」

と、いった。

嘘だということは、わかっている。が、それを証明するのは、難しい。

ただ、これで西方が、矢代に金を渡して、小倉敬一を殺したことへの傍証は、固めることは、出来た。十津川は、それを、利用することにした。

金沢での酒井由美殺しにも、変化が、生れた。

彼女を、トラックで追突して殺した男の態度である。

何度、話を聞いても、自分の意志で、車を運転していて、酒井由美の車に追突してしまったとしかいわなかった男が、西方広太郎の逮捕を伝えたとたんに、態度が、変った。

面会に訪れた石川県警の刑事に向って、

「西方先生が、逮捕されてしまっては、私が嘘をつく理由もなくなりました」

と、いい、

「頼まれて、酒井由美さんを狙って、追突しました。申しわけありません。妹さんがいると知って、ずっと、苦しい思いをしてきました」

とも、いい、激しく、嗚咽したのだ。

西方広太郎の包囲網が、着々と出来て行き、西方自身も、そのことに気付いて、観念し始めたといっても良かった。

全ての犯罪を否定することを止《や》める方法を、取り始めたのだ。

まず、去年十月一日夜の金沢での殺人については、犯行を認めた。

しかし、計画的な殺人ではなく、あの夜、何とか近藤武彦に、政界進出への援助を頼みに行ったのだが、それを拒絶され、その上、悪しざまにいわれて、つい、かっとして殺してしまったと自供した。

次は、金沢での酒井由美の事件だった。

この事件について、西方は、こう弁明した。

「確かに、あの姉妹のやっていた喫茶店に、問題の写真があることを知って、がくぜんとしました。そこで、何とか、その写真を、奪わなければと考えました。しかし、酒井由美さんを殺してくれと頼んだことは、ありません。怪我をさせて、入院している間に、店の写真を奪ってくれと頼んだんです。だから、酒井由美さんが死亡したと知らされた時は、がくぜんとしたのを覚えています」

次は、東京四谷での小倉編集部長の射殺事件だった。

この事件についての西方の弁明は、こうだった。

「K組の幹部だった矢代に、千沙の写真のネガを奪ってくれと頼んだのは事実です。否定はしませんよ。しかし、射殺してくれなんて、一言もいっていません。当り前でしょう。たかが、写真のネガを手に入れるのに、人を殺してくれなんて頼む人がいると、思いますか。ボクは、てっきり、矢代が、小倉編集部長を殴りつけて、それで、ネガを奪ってくるものと思っていたんです。ところが、あのバカは、ピストルで、小倉さんを射殺してしまったんです。恐らく、相手を殴り倒して、ネガを奪っただけじゃあ、ボクから、たいした金は貰えない。そう考えて、殺人をやったんだと思いますよ。お前のために、人殺しをしたんだからといえば、いくらでも、ボクから、金をゆすれますからね。現に、ボクは、矢代から、大金をゆすられ続けましたよ。それが、K組の組長の耳にも聞こえたんじゃありませんか。組長にしてみれば、こんなことが、警察に聞こえたら、組が、危くなる。そう考えて、矢代を、ひそかに、始末したんでしょうね。もちろん、ボクが、組長に頼んだことなんか、一度もありませんよ」

深大寺の料亭での殺人事件については、西方は、自分の知らないことだと否定し続けた。

「ボクが、矢代の女から、ゆすられたのは事実ですよ。それで、あの日、彼女に会ったのも事実です。しかし、あそこで起きたことには、ボクは、関係ない。いきなり、二人の男が、飛び込んで来て、あとは、めちゃくちゃでした。ボクをゆすっていた女は、窓から飛び下りて逃げ、二人の男が、それを追いかけていく。窓の下で、二発の銃声が聞こえた。ボクは、ただ、びっくりして、ふるえていたんです。その二人が、何といおうと、これが真実です」

6

しかし、小川明子殺しについては、否認し続けた。

理由は、二つあったと、十津川は、見ていた。

理由の一つは、小川明子の件は、西方が、直接手を下した殺人事件だということだった。

西方が、自分の手で、人殺しをしたのは、金沢での近藤武彦殺しと二つである。

この二つの殺人だけでも、死刑になるのではないかと恐れて、片方だけでも、否認し続けようと決めたのではないかということだった。

もう一つは、証拠だった。

状況証拠から見て、小川明子殺しの犯人は、西方以外に考えられなかった。が、直接証拠はなかった。

西方は、そこを読んで、頑強に、否認し続けることに決めたのではないかということだった。

西方は、こう証言した。

「確かに、ボクは、小川明子と関係がありました。今更、それを、否定しませんよ。しかし、ボクが、彼女を殺したというのは間違いです。彼女には、ボクの他に、男がいたんだと思っています。何しろ、男好きのする顔だし、男が喜ぶ優しさを持っていましたからね。海外旅行から帰った日、彼女は、その男に会いに行ったと、ボクは、見ています。警察は、その男を探して下さい」

西方には、有力な弁護士が、五人もついて、共同戦線を張った。

その抵抗は、猛烈で、小川明子殺しの容疑については、起訴を断念せざるを得なかった。

しかし、検事は、殺人・殺人依頼などの数件について、死刑を求刑した。

一審では、裁判官は、死刑の判決を下した。小川明子殺しについて、猛烈に抵抗した労力も、結果的には、実らなかったことになる。

その公判の間、酒井千沙は、金沢で、写真を撮り続けていた。

事件のことが、報道され、二つの出版社が、彼女の写真集を出したいと申し出たからである。

その二つの出版社の中から、千沙は、小倉編集部長のいた東央出版の方を選んだ。

「西本は、また、金沢へ行って、彼女を手伝っているのか？」

と、十津川は、亀井に、きいた。

「時々、手伝いに行ってるようです」

と、亀井が、答える。

「しかし、もう、彼女をガードする必要はないだろう？」

「そうなんですが、写真を撮り了《お》えるまでは、一緒にいてやりたいと、いっているんです」

と、亀井が、いう。

「あと、何日くらいかかるんだ？」

「二、三日で、終ると、いっていました。いいかげんにしろといったんですが、もし、どうしても駄目なら、辞表を出しますというのです」

亀井が、当惑した顔で、いった。

「恋かね？」

と、十津川は、いった。

「かも知れません。彼女のことより、仕事のことを考えろといってるんですが、いうことを聞きません」

「あと、二、三日なんだな？」

「そういっています」

「じゃあ、その間、大きな事件が起きないことを祈ることにするか」

と、十津川は、いった。

その間に、大きな事件が、起きた。世田谷《せたがや》での一家皆殺し事件である。

ただ、十津川班に出動の要請はなく、十津川は、ほっと、胸を撫で下した。

三日して、西本が、金沢から、帰って来た。

「申しわけありませんでした。私の勝手なわがままのために」

と、西本が、十津川に、頭を下げた。

「休暇願は、出してあるんだろう？」

「もちろん、出してあります」

「それならいい」

と、だけ、十津川は、いった。

その後、酒井千沙と、東央出版との間に、どういう交渉が続いているのか、十津川は、知らなかった。

二ヶ月後に、突然、新聞に、写真集の広告がのった。

〈わが愛、金沢〉

それが、写真集のタイトルだった。

十津川や、亀井たちのところにも、その写真集が、贈られてきた。

酒井千沙は、写真集の序文に、こう書いていた。

〈私は、金沢に生れ、金沢で育ちました。そして、金沢を愛しています。

私は、日本で、一番美しい町は、金沢だと信じていますし、一番歴史が、生きている町だと思っています。

カメラマンとして、その金沢を、撮り続けてきました。

ところが、ある事件があって、私の愛する金沢が汚されてしまいました。まるで、金沢が守ってきた歴史が、死んでしまったような、沈んだ、気分にされたのです。

私の姉も、事件に巻き込まれて、亡くなりました。

今、やっと、事件が、解決して、私は、失くした写真を、撮り直しました。毎日、シャッターをおしていて、私は、気がつきました。この金沢の町は、小さな事件などには、汚されもしないのだ。金沢の美しい町は、歴史の中で、生き続けていくのだということをです。

事件で、悲しいことに、姉を失いました。しかし、私は、新しい眼で、金沢の町を見直すようになりました。

歴史の中に沈んでいる町ではなく、歴史の中で、ダイナミックに生き続ける町です。

そうした町の鼓動を、この写真集で、感じて頂ければ、幸いです。

酒井千沙〉

連続殺人事件で、実の姉を失い、けなげに闘って、念願の写真集を出した悲劇のヒロインとして、酒井千沙は、有名になった。

テレビも取りあげ、週刊誌も追いかけた。

こうした取りあげられ方は、彼女には、不本意だったかも知れないが、おかげで、新人写真家の撮った写真集としては、異例のベストセラーになった。

しかし、警視庁捜査一課十津川班の中では、写真集のあとがきが、話題になった。

あとがきに、千沙は、こう書いていたからである。

〈この写真集を、Nさんに捧げます。Nさんは、事件の最中も、私が、金沢の町を撮り直している時も、私を守り、励ましてくれました。Nさんがいなかったら、この写真集は、出来なかったと思います〉

Nが、西本刑事だということは、誰にも、想像がついた。

「二人は、結婚しますかね?」

と、亀井が、十津川に、きいた。

「さあ、どうかな」

十津川は、笑った。

（この作品『金沢歴史の殺人』は平成十四年七月新書判で、平成十六年七月文庫判で、ともに双葉社から刊行されたものです）

一〇〇字書評

金沢歴史の殺人

切り取り線

購買動機（新聞、雑誌名を記入するか、あるいは○をつけてください）

□（　　　　　　　　　　　　）の広告を見て
□（　　　　　　　　　　　　）の書評を見て
□ 知人のすすめで　　　　□ タイトルに惹かれて
□ カバーが良かったから　□ 内容が面白そうだから
□ 好きな作家だから　　　□ 好きな分野の本だから

・最近、最も感銘を受けた作品名をお書き下さい

・あなたのお好きな作家名をお書き下さい

・その他、ご要望がありましたらお書き下さい

住所	〒				
氏名		職業		年齢	
Eメール	※携帯には配信できません	新刊情報等のメール配信を 希望する・しない			

この本の感想を、編集部までお寄せいただけたらありがたく存じます。今後の企画の参考にさせていただきます。Eメールでも結構です。

いただいた「一〇〇字書評」は、新聞・雑誌等に紹介させていただくことがあります。その場合はお礼として特製図書カードを差し上げます。

前ページの原稿用紙に書評をお書きの上、切り取り、左記までお送り下さい。宛先の住所は不要です。

なお、ご記入いただいたお名前、ご住所等は、書評紹介の事前了解、謝礼のお届けのためだけに利用し、そのほかの目的のために利用することはありません。

〒一〇一・八七〇一
祥伝社文庫編集長　坂口芳和
電話　〇三（三二六五）二〇八〇

祥伝社ホームページの「ブックレビュー」からも、書き込めます。
http://www.shodensha.co.jp/bookreview/

祥伝社文庫

金沢歴史《かなざわれきし》の殺人《さつじん》

平成20年2月20日　初版第1刷発行
平成28年4月10日　　　第8刷発行

著　者　西村京太郎《にしむらきょうたろう》

発行者　辻　浩明

発行所　祥伝社《しょうでんしゃ》
東京都千代田区神田神保町3-3
〒101-8701
電話　03（3265）2081（販売部）
電話　03（3265）2080（編集部）
電話　03（3265）3622（業務部）
http://www.shodensha.co.jp/

印刷所　萩原印刷
製本所　ナショナル製本

 ISBN978-4-396-33404-8 C0193

西村京太郎ファンクラブのお知らせ

会員特典（年会費2200円）

◆オリジナル会員証の発行
◆西村京太郎記念館の入場料半額
◆年2回の会報誌の発行（4月・10月発行、情報満載です）
◆抽選・各種イベントへの参加（先生との楽しい企画考案中です）
◆新刊・記念館展示物変更等のハガキでのお知らせ（不定期）
◆他、追加予定!!

入会のご案内

■郵便局に備え付けの郵便振替払込金受領証にて、記入方法を参考にして年会費2200円を振込んで下さい　■受領証は保管して下さい　■会員の登録には振込みから約1ヶ月ほどかかります　■特典等の発送は会員登録完了後になります

［記入方法］ **1枚目**は下記のとおりに口座番号、金額、加入者名を記入し、そして、払込人住所氏名欄に、ご自分の住所・氏名・電話番号を記入して下さい

郵便振替払込金受領証　窓口払込専用

口座番号	00230-8-17343
金額	2200
加入者名	西村京太郎事務局
料金	（消費税込み）
特殊取扱	

2枚目は払込取扱票の通信欄に下記のように記入して下さい

通信欄
(1) 氏名（フリガナ）
(2) 郵便番号（7ケタ）※必ず7桁でご記入下さい
(3) 住所（フリガナ）※必ず都道府県名からご記入下さい
(4) 生年月日（19××年××月××日）
(5) 年齢　(6) 性別　(7) 電話番号

※なお、申し込みは、郵便振替払込金受領証のみとします。
メール・電話での受付は一切致しません。

■お問い合わせ（西村京太郎記念館事務局）
TEL 0465-63-1599

祥伝社文庫の好評既刊

西村京太郎
特急「有明」殺人事件
有明海の三角湾に風景画家の死体が。十津川と亀井が捜査に乗り出すが、続々と画家の仲間にも悲劇が！

西村京太郎
十津川警部「初恋」
十津川の初恋相手だった美人女将が心臓発作で急死!? 事態は次第に犯罪の様相を呈し、驚愕の真相が！

西村京太郎
能登半島殺人事件
「あなたに愛想がつきました」十津川の愛妻が出奔!? ところが脅迫状が届いて事態は一転。舞台は能登へ！

西村京太郎
十津川警部「家族」
十津川に突如辞表を提出、失踪した刑事。殺人者となった弟を助けるための決断だった…仰天の傑作推理！

西村京太郎
金沢歴史の殺人
女流カメラマンの写真集をめぐり、相次ぐ殺人事件…。円熟の筆で金沢を旅情豊かに描く傑作推理！

西村京太郎
十津川警部「故郷」
友人の容疑を晴らそうとした部下が無理心中を装い殺された。無実を信じ、十津川警部が小浜へ飛ぶ！

祥伝社文庫の好評既刊

西村京太郎

寝台特急カシオペアを追え

誘拐事件を追う十津川警部。乗り込んだカシオペアの車中に中年男女の射殺体が!?

西村京太郎

十津川警部「子守唄殺人事件」

奇妙な遺留品は各地の子守唄を暗示していた。十津川は連続殺人に隠された真相に迫る。

西村京太郎

しまなみ海道 追跡ルート

白昼の誘拐。爆破へのカウントダウン。十津川警部を挑発する犯人側の意図とは!?

西村京太郎

日本のエーゲ海、日本の死

〝日本のエーゲ海〟こと岡山・牛窓で、絞殺死体発見。十津川は日本政界の暗部に分け入っていき…。

西村京太郎

闇を引き継ぐ者

死刑執行された異常犯〝ジャッカル〟の名を騙る誘拐犯が現れた! 十津川は猟奇の連鎖を止められるか!?

西村京太郎

夜行快速《ムーンライト》えちご殺人事件

新潟行きの夜行電車から現金一千万円とともに失踪した男女。震災の傷痕が残る北国の街に浮かぶ構図とは?